蓑依 ——— 著

SUO YI works

要么庸俗，
要么孤独

青岛出版社
QINGDAO PUBLISHING HOUSE

图书在版编目（CIP）数据

要么庸俗，要么孤独 / 龚依著. -- 青岛：青岛出版社，2019.2

ISBN 978-7-5552-7898-6

Ⅰ. ①要… Ⅱ. ①龚… Ⅲ. ①散文集－中国－当代 Ⅳ. ①I267

中国版本图书馆CIP数据核字(2018)第270752号

书　　名	要么庸俗，要么孤独
著　　者	龚　依
出版发行	青岛出版社
社　　址	青岛市海尔路182号（266061）
本社网址	http://www.qdpub.com
邮购电话	010-85787680-8015　13335059110 0532-85814750（传真）　0532-68068026
责任编辑	郭东明
责任校对	胡　方
特约编辑	崔　悦
装帧设计	千　千　李红艳
印　　刷	三河市良远印务有限公司
出版日期	2019年2月第1版　2019年8月第2次印刷
开　　本	32开（880mm×1230mm）
印　　张	9.5
字　　数	150千
书　　号	ISBN 978-7-5552-7898-6
定　　价	38.00元

编校印装质量、盗版监督服务电话　4006532017　0532-68068638
建议陈列类别：畅销·励志

| 要么庸俗，要么孤独 |

你必须火力全开，让自己跟上这个时代，无论是眼界、见识，还是思维方式和知识技能。

| 要么庸俗,要么孤独 |

看起来每个人都在努力,但有的人在慢跑,有的是在加速跑。
你慢一点点,就慢过了一生。

| 要么庸俗，要么孤独 |

去做梦，然后始终想着这个梦，给它发酵的时间，坐等奇迹碰撞的时刻，是人生追求之路上最大的浪漫。

人生所有的事都可以是马拉松,你要上路,要奔跑,要赶超,要挥汗如雨,要皮肤发亮,要战无不胜,所向披靡。

| 要么庸俗,要么孤独 |

很多人的人生都是圆圈，在一个循环里颠沛流离；
只有很少一部分人的人生是一条路，通向远方。

| YAOMO YONGSU, YAOMO GUDU |

| 要么庸俗，要么孤独 |

"害怕"是非常珍贵的东西，
说明你有做不到或者很难做到的事情，也说明你有非常大的潜力，一旦你做到，就不是此刻的你了。

目录

第一章 自我更新是信仰

01 自我更新，不是意志，是信仰 P003

02 完成比完美更重要 P008

03 人和人之间拼的是加速度 P012

04 你要奔跑，要赶超，要被奇迹点燃 P016

05 去制作一些人生的刻度 P021

06 你那点拼，真的不算什么 P025

07 拒绝掉曾经梦想的工作，是什么滋味 P028

08 中规中矩的生活，是块遮羞布 P032

09 和蓑依聊聊天1 工作两年，我没激情了，怎么办？ P036

| CONTENTS |
| 目录 |

/ 第二章 /

人 生 最 大 的 惊 喜 是 可 能 性

01 人生最大的惊喜是可能性 P043

02 没有泳池拒绝练习一百次的人 P047

03 保持对恐惧的渴望 P051

04 勇气是我最强大的盔甲 P055

05 梦想着，梦想就实现了 P060

06 有特点，就是最好的竞争力 P064

07 总有人有趣到让你怀疑人生 P068

08 这几年，我所见到的普通人的奇迹 P072

09 和蓑依聊聊天 2 ——人生啊，哪有什么正常不正常？ P078

| CONTENTS |
| 目录 |

/ 第三章 /

和 时 间 做 朋 友

01 和时间做朋友 P085

02 你那么晚才开始学习,有什么用呢? P089

03 健身是一种自处方式 P093

04 碎片化的时间,正在阻碍你的成长 P098

05 去学习那些能帮助你完成内化的东西 P102

06 你只需要去做,不要担心别人看不到 P106

07 你要有能力让你所做的事情成就你 P110

08 勤奋是有坡度的 P113

09 和蓑依聊聊天 3 人的精力是有限的 P116

CONTENTS
目录

/ 第四章 /

浪漫

09	08	07	06	05	04	03	02	01
和蓑依聊聊天4 怎样才能拥有有趣的灵魂呢？	情绪	秩序	松弛	差异	游戏	劲道	沉默	浪漫
P156	P151	P147	P143	P139	P135	P131	P127	P123

CONTENTS 目录

/ 第五章 /

做一个高能量值的人

01 做一个高能量值的人 P163

02 你的朋友圈是有效的吗？ P166

03 你是否也被伪命题弄得焦虑不已 P170

04 世人浮躁，你不浮躁，就是成功 P174

05 别跟自己较劲 P177

06 你以为的情商低，其实是你的控制力差 P181

07 你欠缺的恰恰是功利性的目的 P186

08 真正的用心是把什么事情都想在前面 P190

09 和蓑依聊聊天 5 关于「90后」的「嚣张」 P194

CONTENTS
目录

/ 第六章 /

我们都是爱的孩子

01 我们都是爱的孩子 P201

02 不是只有成功，才值得被爱 P204

03 分享朋友，到底有多重要 P208

04 孩子给父母最好的礼物是什么 P212

05 你欠自己一场恋爱 P216

06 想提高情商，就去多谈几场恋爱 P221

07 让人舒服，就是最大的成功 P224

08 你是一个付出很多的女人吗？ P228

09 那些说出去就后悔的话，造就了现在的你 P232

10 和蕢依聊聊天 6 迟来的爱 P236

CONTENTS
目录

/ 第七章 /

我为什么不想做个普通人

01 我为什么不想做个普通人 P243

02 有一种捷径，叫随时上场 P247

03 那个懂事的年轻人，我好喜欢你 P250

04 那些失去机会的年轻人 P254

05 "鸡血"是一种体质 P258

06 你不是什么问题都能解决 P262

07 愿你保持一些委婉曲折 P266

08 成年人不要靠猜，靠直给 P269

09 以忙碌对抗疲惫 P273

10 因为我出生在小城 P277

11 美下去，不要停 P281

12 和蓑依聊聊天7
——为什么不喜欢别人看我 P285

| YAOMO → YONGSU , YAOMO → GUDU |

第一章

→
YAOMO　YONGSU
，
YAOMO　GUDU
→

自　我　更　新　是　信　仰

| 要么庸俗，要么孤独 |

自我更新，不是意志，是信仰

有女孩子给我写邮件：蠹依，之前我和几位好朋友一起做了计划，用三个月的时间养成阅读、写作、健身的习惯，现在一个月还不到，她们两位已经放弃了，觉得没有意义。虽然我知道坚持下去肯定会很好的，但意志低落的时候，也会怀疑自己，感觉没有动力。

我回答了她两句话：一、融入志同道合的团体，而不是去组建；二、变好，不是意志，是信仰。

我和一位任教十多年的中学老师聊天，他几乎是咬牙切齿地说："你不知道现在我们学校的年轻人过的是什么日子！用我的话来说：就是混吃等死。"我劝他消消气的同时，很理解为什么这句话会从他口中说出来。

作为一名地地道道的北京人，有车有房，还有教师这么稳定的职业，但他并不满足，课余的时间考了心理咨询师，读了大量的心理学著作；用七八年的时间总结自己的教学方法和经验，出版了一本学习方法的书；快四十岁的年龄，却去上二十几岁的年轻人开的写作课，想学习文学创作，并且为了练习，已经写了四十多万字的随笔。

他们学校刚入职的年轻老师呢，语文老师课下不阅读；教数学的老师，被学生问到难题，打个哈哈就过去了；每天叽叽喳喳的都是今天买了什么衣服，明天去哪里吃饭。他问我：蓑依，我真是恨铁不成钢啊，你有什么办法可以点醒他们一下吗？

我说："侯老师，我还真没办法，因为一般我遇到这种人都躲得远远的，根本不会去想'挽救'或者'点醒'这种事情。我要求自己的是：如果你不满足自己现在的环境，就想办法去融入那个最好的环境，而不是改变你现在所处环境的人。"

这样说，是不是很自私？可是，这就是现实：有些人的生活就是一摊烂泥，你想要扶，或者根本扶不起来，或者人家未必让你去扶。

所以，把更多的精力放在自己身上，以一己之力冲破环境的限制，去见识更大的世界和更好的人。如果所有的人都能够做到抱团前行，怎么还会有"出类拔萃"这个词？无论什么年代，优秀都只是属于少数一部分人。

不管你现在是在一线城市，还是在边陲小镇，都应该懂得的一个常识是：互联网给你提供了巨大的学习平台。无论你想改变什么，都不再孤单，所以如果你们公司、你们学校、你们城市都无法给你提供能量和动力，网络可以。相信吸引力法则，可以让你找到融入的圈子。

当然，找到一个积极向上的团体，只是开始。如同一个循环一样：刚开始你是孤军奋战；之后，你会遇到一群人和你并肩战斗；再后来，你还是回归到一个人，这个时候的能量来自你的内心，来自你的更新，来自你的持续生长。

所以我说：变好，不是意志，是信仰。

一个有两个孩子的妈妈对我说："蓑依，我每天晚上把孩子哄上床已经九点了，如果晚上再看两个小时的书，就十一二点了，两三天这么晚睡还可以，如果一直这样，我担心我的身体吃不消。"

我摊手，如果一个人和我聊天，最后说担心自己的身体吃不消，就等同于聊死了。你让我怎么说下去呢？因为你的潜台词就是身体最重要，身体第一啊。

可是，身体和奋斗就必须是对立的吗？我举过无数次例子，知名畅销书作家李筱懿每天早上四点半起床，她有孩子家庭，还有自己的创业公司和写作事业；童话大王每天早上坚持四点起床，坚持了四十年；在我读书的时候，我为自己每次都是宿舍里第一个起床的人而沾沾自喜，可是到了工作后，见到更多优秀的人之后，我为自己不能在之前的那些年再早起一点做些事情，而感到深深的遗憾，我原本可以跑得更快一些。

基本上世界上公认的理想睡眠时间就是6-7个小时。没有人让你不要睡觉，如果你能保证这六七个小时之外的时间是高效的就好，且不说高效了，是有效的就够了。所以睡眠和奋斗不冲突，没有借口，没有理由。

我开设了一个阅读课,是全年的,也就是说一年五十三周每周都开课,招生时说得清清楚楚的。所以在我招收学员的时候,如果对方问我:"过年的时候,我们还上课吗?节假日的时候还上课吗?"我都第一时间做出判断:不要这个人。

过年有什么特殊的?需要我们大动干戈到必须24小时庆祝才可以吗?你仍然有自己的时间。这无关节日,而是你如何看待克制和快乐,如何以成熟的态度变好。

我曾在网上看到一句话:你通过一个人是如何过一天的,大致就能猜到这个人是如何过一生的。我回想自己的每一天,不禁后背发凉。我还不想要现在这样的人生啊,所以,我得改变。

我们这一代年轻人是可以创造奇迹的一代。在过去的一年,我亲眼见证了身边好几个朋友,从普通白领到有了自己的公司;或者依靠副业,年入百万;或者从一个胖胖、丑丑的姑娘,通过健身,变成漂亮的网红。

前几天,我给我爸爸打过去一笔过年的钱,让他给奶奶和姥姥送过去一些,剩下的自己留着。我爸看到数目之后,问我的第一句话是:"人家刚工作半年都是管家里要钱,你怎么攒下这么多钱?"我妈也在群里,没等我回答,我妈帮我解释了:"你好像忘了,你的那辆车还是你女儿用稿费给你买的。"

没有任何炫耀,也不是什么好车,我只是想说:在我爸爸那一代人眼里,他们仍然觉得有钱的方式就是得一分钱一分钱地积攒。可是他们并不知道，这个时代，你靠着一点点积攒已经完全不够用了，甚至依靠本本分分工作也还差一点。

你必须火力全开，让自己跟上这个时代，无论是眼界、见识，还是思维方式和知识技能。我很害怕，等哪一天有人聊起我时，说："她啊，看上去年轻，可是脑子迂腐得很呢。"这很现实，我也丝毫不怀疑这一天会到来，因为我身边太多人被这样评价过了，指不定哪一天就是你、就是我了。

前行很难，落后就是一下子的事情。

完成比完美更重要

很多人问过我关于治疗拖延症的方法,我通常斩钉截铁地回答:"没有任何方法。"如同人们问我时间管理的方法一样,我是一个不信赖方法论的人。但是当我有一天闲着无聊去揣摩自己的人生的时候,突然意识到:我之所以不是一个拖延的人,最重要的是我很容易"放过自己"。

有些拖延症是没有救的,比如特别懒的人,比如特别消极的人。一个装睡的人,你是叫不醒的。但是有一类拖延症患者,是特别好治愈的,那就是:不是我不想做,只是我现在不想做。这类人多数会给你一个借口:我还没有想好、学好、准备好。

就拿写作这件事情来说,之前我有一个习惯,就是每次在写一篇文章之前,我总得看会儿书,或者看会儿电影,就是不开始写作。我总觉得如果我多看一点东西，多找一点感觉，写出来的东西就会好一些。但是当我有几次真的花好多时间去做写作前的准备后，发现写出来的东西不但不如我一开始想的，而且写作之前几个小时所积累的素材根本用不上，是无效的。也就是从那个时候开始，我决定：第一感觉是什么样的，就写成什么样，先写下来，哪怕之后想到更好的思路再加进去，也一定要先写完。

这样"放过自己"的结果就是写作的效率大大提高了，而且当你回头看时，你会发现往往写得还不错，并没有想象的那么糟。

最近我经常会给一些没有上台经验的人做演讲培训，对他们说得最多的一点就是完成比完美更重要。对于一个没有上过台的人而言，你能站到舞台上，能张口说话，就是成功，至于你说得好坏，都是附加值。有些人上台之所以特别紧张，是因为在他们的意识中认为：完美比完成还要重要。他们认为自己一上台就应该侃侃而谈，就应该肢体协调，就应该神采飞扬。因为只记住了这些"完美"的要素，而不去考虑"完成"的要素，所以他们上台之后会过度紧张，连"完成"都实现不了。

其实，你只需要问自己一个问题就够了：你凭什么第一次上台就能够表现完美？你凭什么每一次写作都能够达到完美？你凭什么做任何事情都能做到完美？只要破除对"完美"的执念，就会发现拖延不治而愈。

当我自己开始带团队，发现有小伙伴拖延时，通常会对他们说一句让他们大跌眼镜的话："你们交上来的东西，可以不用是多好的，只要是差不多的就行。"他们对我的"差不多"惊讶不已，但他们不知道我真正想说的是：你们交上来一个东西就可以。

我敢这样说的原因是一个人的能力在某一个较长的时间内，都会维持在一个相对稳定的水平，他随手写下的东西，不一定就比他准备了好几天写下的东西要差。而且，早写下来，他们对这个事物有一个基本的认知之后，再去进一步筹备反而更好，因为他有方向了，知道应该在哪里继续努力。迟迟不去做，反而只能好高骛远地想象，连个可以操作的靶子都没有。

我写作的时候，经常会遇到自己觉得写得特别差，但是读者反馈很好的情况；那些上台演讲的人，也经常遇到自己觉得在台上要吓晕过去了，但是在台下的人一点也没有看出他紧张的情况；我手下的小伙伴，"差不多"的方案，很多时候就是他们能拿出来的最终方案。

也是基于此，我渐渐成为一个想到什么马上就会去做的人，因为我认为在做的过程中去修正会更高效。这也在某种程度上区分了"自信"的人和"自卑"的人。有些人为什么看起来很自信，好像做什么事情都胸有成竹？很多时候，他们心里其实也没数，也不知道结果会怎样，但是他们清楚地懂得：先上路，路上遇到什么障碍——解决掉，没上路之前，你想破脑袋也不会想全路上所有的障碍。

而看起来"自卑"的人，总喜欢瞻前顾后，用深思熟虑来"吓唬"自己，在犹犹豫豫中就让自己越来越寸步难行。就好像一个人要上山打猎，他最怕的就是老虎，所以在山下用了几年的时间，终于学全各种对付老虎的方法，但是当他真的上山的时候，才打听到：这个山上不可能有猛兽的，更不要说是老虎了。

完美是由无数个完成堆叠起来的，如果连完成都做不到，完美就是个幌子。更何况,哪有完美的事情,哪有完美的工作,哪有完美的人生?我们只能一次比一次做得更好一些,谁都没办法偷懒。"好"的背后是数量的累积,一次又一次,一天又一天,一年又一年。

人和人之间拼的是加速度

电视行业，是一个蛮接近"名气"的行业，在消费名气的同时，也在制造名气。就拿我自己的节目来说，每年都会推出一批纯素人，然后通过节目效果，让他们变得小有名气。这么多年做下来，单说每年年度冠军至少得有七八位了，可是现在势头很猛、在舞台上依然活跃的连一半都不到。究其原因，我觉得在于有些人在努力的时候，有些人是在拼命。

"走红"其实就意味着你的人生进入了快车道，你必须加速前行，才能不被抛弃。这也就解释了为什么网络上每天都在产生大量"网红"，随便红上两天之后，就再也没有消息了，很多时候，并不是他们能力不行，没有持续的生产力，而是他们的步伐太慢了，慢到观众的"嗨点"都转移了，别人都在加速跑，而你还在以长跑的速度前行，肯定追不上人家。

很多人都害怕去参加同学聚会，其实细究起来，怕的就是发现别人的"加速度"。同一所学校毕业，同一个起点，几年之后，在聚会上发现：人家事业成功，房子、车子全部到位，自己却刚刚被公司辞掉，每个月仍需要借钱交房租，这样的"差距感"比人家本来是富二代，你是穷二代的这种"差距感"还要难过。起点一样，现在的状态不一样，仿佛一面镜子，照到了这几年你的懒惰、你的放弃、你的逃避和你的各种不尽如人意。

这种"差距感"是一点一滴积累起来的，很难想象一个从没有跑过步的人，马上就能加速跑起来。就拿我的阅读课为例，对所有学员的要求是每周按时读完一本书、上一次课就可以。但从第一周开始，你就会发现：有的人不但按时读完了书，上完了课，还写完了高质量的读后感，而且在上完课之后，马上抛出上课笔记；而有的人书没有读完，课没有时间来上。等过上半年再去看的时候，有些人半年读了三四本书，而有的人，写的读后感发到网上之后，已经有出版社的编辑找来出书了。

之前，我经常鼓励别人的一句话是：表面看上去每个人都云淡风轻，其实他们都在私下里努力，只是你看不到而已。但现在我发现，应该更近一步：你看起来每个人都在努力，但有的人在慢跑，有的是在加速跑，只是你看不到而已。人和人之间为什么会有"层级感"？就是因为有的人还意识不到别人在努力，而有的人已经满头大汗了。

我始终记得小时候去我哥哥家的一个场景。冬天的早上，家里没有暖气，当我进到我哥哥家里的时候，发现他正趴在床上裹着被子写作业。那时候，我们都三四年级，我是那个等着开学的前几天抄哥哥作业的人，而他每天早上起来先写一会儿作业再去玩。那个时候，他是年级第一，而我成绩中下游。我深深地记得我看到他写作业时的心情，仿佛看到什么奇怪的东西似的，心想：我哥哥怎么偷偷努力呢？

长大之后，哥哥凭借自己的努力在上海买了房子，安了家。很多人都很奇怪：为什么一个农村毕业的孩子，硕士毕业一年后就可以在上海安家？我从来没有问过他，因为我知道：他一定还有无数在被窝里面写作业的时刻，在那些看似一样和别人上着学，和别人做着同一份工作的时候。

有一天，我和我们节目中出来的一位冠军一起生活了几天，小有名气后这些年她过得风生水起，出了书，创立了自己的公司，有了自己的品牌。和她一起生活工作的几天，她比我们这些同行的人睡得都少，因为要利用晚上的时间，去消化白天的得失；和陌生的朋友一起吃饭，我们就寒暄一下有的没的，她是真的在认真听，而且一个问题接一个问题地提问对方，想要了解对方的职业，以及那个职业的商业机制。当我们吃着饭，开心地聊着星座和爱情的时候，她问出了一套商业法则，开心地说：回去之后，我要在我的公司试行一下，看看效果。当她说出这句话的时候，似乎是条件反射，我又想到我哥哥趴在冬天的被窝里写作业的场景。

我们经常说"比你优秀的，还比你努力"，何止努力这么简单，他们真的是在拼命。心理学上有个"头部理论"，大致的意思是你越优秀，你就会越优秀，所有的资源都会不自觉地找上你。说起来羡慕，但背后谁都知道：你越优秀，你就得越拼命，不然更好的资源来找你的时候，你很可能接不住。

这样说来，每天或者每周进步一点点，是太放过自己了，因为别忘了，最可怕的是你成长的速度，跟不上社会变化的速度，你慢一点点，就慢过了一生。

你要奔跑，要赶超，要被奇迹点燃

年龄越大，越不愿意和陌生人随便约饭，社交成本太大，但是在2018年的春节前夕，我却和一个叫夏至的陌生人在我老家吃了一顿饭。

夏至约过我很多次，我因为各种事情一直推迟，直到前不久再约时，一种想一探究竟的感觉让我答应下来，到底是什么让她对我一直"念念不忘"？见到她时，她说："你都不知道你对我的影响有多大。"我问："那到底有多大？"她说："一年前的今天，我看到你那篇《这些年我看到的普通人的奇迹》的文章，而现在我要出书了。"我带着惊讶和好奇听她讲完了这段故事。

她是我的老乡，和我家在同一条街上，在山东一个很偏僻、穷困的县城。前两年，我高中同学帮我宣传新书的时候，她注意到我，然后就一直跟着读我的文章。后来，我开写作课时，她还来报名了，我拒绝了她，原因是那个时候，她几乎没有写过文章。对于一个没有练笔的人来说，直接上课程，就如同地基没打，就开始盖房子，没用。最后，她还是参加了我的阅读课，时不时地问我一些问题，也交过一些读后感，但没过多久，就再也没有看到过她的文字了，我想可能她一时兴起，就放弃了吧。

直到前两个月，她突然找到我说，她的第一本亲子书要出版了，想要我写几句推荐语，我顿觉她成长速度之快，堪称奇迹。一个孩子读幼儿园，一个孩子还需要喂奶，自己在银行里面上班，又没有多少文学基础，一年的时间来完成这种蜕变是基本不可能的，但她就是做到了，是的，她在很大程度上创造了奇迹。

她告诉我说：最开始写了文章就到处投稿，不管写得好不好都随便投，直到有一天，一个亲子公众号来邀请她写文章，稿费很少，但她非常知足，更加卖力。晚上等两个孩子睡着了她就开始写，有时候写到半夜，有时候两三个小时也只能写几百个字，但她就是坚持写写写，不到五个月的时间，出版社就找上门来了，不仅签了她的第一本亲子书，而且第二本书也已经基本确定了。

吃饭的时候，我一直说："你真的太幸运了，我用了好几年的时间才出版第一本书，你只写作一年，就能够出书了，真是让人嫉妒啊。"但后头一想，哪怕是幸运，也是老天特殊的眷顾，我在学生时期慢慢悠悠地写书几年的努力程度，也许真的不如她在有两个孩子，还有工作的状态下，一年的努力程度。如果可以量化和累加，我其实不如她努力。

我本以为那顿饭，我们会"你好，我好"地互夸一顿，但没想到变成了一个"答疑现场"。她不断地抛出各种问题:"蓑依,你觉得我应该读哪种类型的书?""蓑依,你认为我应该怎样弥补写作上的缺陷?"甚至她还问了我一个"哭笑不得"的问题:"蓑依,你说我这种情况下,该怎么健身啊?"我摆摆手说:"别,别这么拼,等你的第二个孩子不用喂奶的时候,你再考虑健身吧,不然真的精力不够。"

真好啊,她是发自内心想要成长,发自内心想要变好,发自内心相信自己可以创造越来越多的奇迹。

是这样的,你的生活中,总会突然出现一个偶像、榜样,或者一群偶像、榜样,你愿意跟随他一起成长,逐渐变成更好的自己之后,你会发现,"变得更好"就会成为一个你内心的需求,即便没有了偶像和榜样,你自己也愿意用力生长。

这些年,拜文字所赐,我有一群跟随我多年的读者。作为写作者,拿到稿费的快乐,远远不如夏至这样的人带给我的快乐,因为这样的快乐是反哺的,我因为她的变好、她的奇迹,也愿意再努力一些。但是这样的人太少了,每年有一两个就已经很不错了,当然最重要的原因是我还不足够优秀,魅力不够点燃学习的热情。但是还有一部分原因是不是:你本人其实也不足够努力呢?

奇迹就是用来创造的,偶像就是用来超越的,我给夏至说:"将来有一天,你的亲子书可能比我的'鸡汤书'卖得更好,我真心祝福。"

如果你喜欢一个人,不管这个人是小众,还是大众,我祝愿你懂得他们存在的意义,不是让你在无聊的时候刷微博,也不是你颓废时给予你勇气,他们应该是你身边的朋友,你要和他比,不能俯首称臣,不能唯命是从,你要用光亮让他看到,并有一天兴奋地告诉他:"谢谢你帮了我，但我现在可以自己帮自己了。"

这一两年做电视节目，接触过各个行业的一些名人，越来越让我确认了一个事实就是：没有人是没办法超越的。明星再有光环，也只是很普通的人，只不过他们给我们看到的是光线，背后的辛酸完全不会呈现。

因为《演员的诞生》而大火的中戏老师刘天池曾经谈到这样一个现象，她说当整个社会开始注重演技的时候，有很多已经非常火的明星演员，在超级繁忙的通告之后，还会抽出时间来上表演课，一点点地去学习表演。你看，不管多么偶像级别的人，都在背后偷偷用功，只要是勤奋和努力达成的东西，就有超越的可能，就是公平的。

而这一切的背后，都是源于你要坚信，坚信笨拙的努力，哪怕是模仿，也能带你去一定的远方。如果说表演需要对角色的信念感的话，那么追求梦想的努力，也要有信念感。很多人坚持不下来，中途放弃，就是因为觉得没用，可事实是你还没有努力到有用的程度而已。

2017年，我开了一年的阅读课，每周都会要求大家写一篇读后感，虽然不强求，但每次都会提醒。但一年过去，只有一个人坚持下来了，而这个人在上阅读课之前水平可能是最差的，年龄又是最年长的。今年过年时，她给我写了一封信，说："蓑依，我是一个很坚持的人，即便你明年不再带我们一起阅读了，我也会坚持读下去的。"看到这句话的瞬间，我真的被暖到，一年的坚持都是值得的。

一年的时间过去，我相信我们在一起阅读的小伙伴都可以看到她的进步，从一开始只能写几百个字，到没有章法地写很多字，到后来开始有发挥和连接，能够很工整地展开一篇文章，也是一年的时间。

虽然说她不如夏至有那么明确的成果,但是我为她骄傲,并且,听说她们单位经常举办征文比赛之类的,我希望她能够多获奖,多赚钱,就这样一直乐此不疲地读下去、写下去。

被奇迹、成长点燃的感觉真的是最幸福的感觉之一,我祝愿每个人都或多或少地品尝到,不然,太辜负活着一场了。如果你的榜样是一名健身达人,那就用一年的时间,被她鼓励着练出马甲线;如果你的榜样是一名职场达人,那就用一年的时间,飞速奔跑,看看薪资最快能长多快,职位最高能提多高;如果你的榜样是一名育婴博主,就用一年的时间,跟随她的脚步,去改变你对亲子关系的认知,给孩子和你自己一个全新的365天。

人生所有的事都可以是马拉松,你要上路,要奔跑,要赶超,要挥汗如雨,要皮肤发亮,要战无不胜,所向披靡。

去制作一些人生的刻度

有一天晚上我加班到凌晨回家，不幸的是那个晚上北京超大的风，是我这一两年来遇到过的最大风级。从小区门口下车之后，我就准备一路狂奔到家，虽然只有两三分钟的路程，我却跑得气喘吁吁。就是在那个万分惊恐的夜晚，我一边跑，一边告诉自己：从今天起，你去健身房，不再是为了减肥，而是要增加体能。

我还记得两年前，在学校的操场上跑5公里，云淡风轻，容易得很，只不过两年的时间，不到300米的路已经成为我需要费尽全力去克服的东西。那300米，是我跑过最难的路。两年的时间，就是从5000陡然降到300米的无力感，如果你不注意，很可能会降低到100米，这个坡度，就是时光在你身上刻下的痕迹。

二十五岁之前，人生有很多刻度，比如高考、大学毕业或者找到第一份工作等，可是到了二十五岁之后，人生的刻度不再被天然定义，你只能凭借自己的力量去标刻。如果你不自觉地去制作一些节点，等有一天，你回头看时，生活非但索然无味，乏善可陈，而且令人悔恨不已。

人生越往后走，越需要自己去制作节点，让你从工作、结婚、生孩子、培养孩子长大的道路上跳脱出来。让我加深思考这个问题的原因是最近有一次去朋友家吃饭，看到她墙上贴了满满当当的五角星。

起初我以为只是装饰画，等走近一看，每一个五角星的下面都用铅笔标注着时间：2019 年 5 月、2020 年 9 月等，而相对应的每颗星星上面，都用彩笔写着：去非洲草原拍动物、插画课程结业、转行去艺人经纪行业……我很好奇的是等我看完满墙的星星时，竟然没有一颗星星上面写着结婚，或者生孩子。

我"嘴硬"地问她："哎呀，做这么多计划，能完成吗？"她说了一句让我改变很多思维细节的话，她说："没关系啊，哪怕完成不了，我也知道在某段时间内，我为这个目标奋斗着呢。比如说，我计划今年 8 月份去非洲，我前年的时候，就在看相关的非洲动物的资料了，去年的时候，我还去了两次非洲草原勘察，哪怕今年可能会因为某些事去不了，我也能在回想这几年的时候，说：有那么几年，我在为非洲草原这块土地奔波。也因此，这几年的时间，有了清晰的脉络。

是的，让我惊讶的是那句话：计划完不成，没关系啊！我们从小到大，接受的观念是定计划就是要完成的，如果完成不了，那就不要定。于是，定计划就成为一件非常恐怖的事情。

2017 年，我和一群小伙伴约定每周日晚上 7:00—8:30 一起读一本书。说起来容易做起来难，一年54周，也就意味着有54个晚上你要定时定点地坐在书桌前和大家一起讨论。一年过去了，我非但在这期间改了好几次上课时间，而且有三个月因为工作连续加班，还暂停三个月。虽然后续补上了，但是这种"你制定了计划，却没有完成"的罪恶心理非常折磨我。每次当我需要调整时间时，都百爪挠心，甚至要做一天的心理建设。

这种没有完成计划的罪恶感带给我的直接后果是2018年小伙伴们提出这个活动再继续一年时，我退缩了，我无法接受这一年还因为这样那样的事去调整时间，让其他人配合我。我始终迈不过去的坎就是：你为什么不能按照计划来？

直到看到朋友墙上的星星，听到她洒脱地给我讲，计划完成不了，没关系啊，我突然就释怀了。计划完成不了，没关系啊，你看，你也完成了54本书的阅读，你也和大家分享了4860分钟，你也交到了六十多位好朋友，你并没有因为没按照计划来，就一事无成啊。反而如果在计划前望而却步了，就真的没有任何收获了。

我经常劝告身边爱好写作的朋友去注册一个微信公众号，因为一旦你注册了，就会想着在里面写点什么，哪怕一个月写一篇，哪怕就是把平常读书的感受随便罗列在上面，哪怕只是转载别人的东西，前提是你得有。微信公众号应该在你的计划当中，一方面它可以让你保持住对新鲜平台的了解，另一方面，尤其对于热爱阅读和写作的人来说，它会是你的秘密花园。

可是，很少有人做到。他们总觉得这和自己无关，不把它放在自己的计划当中。直到有一天，我看到一则信息发给他们：因为腾讯对微信注册的管控越来越严格，现在开始有一些自媒体人去购买微信公众号了，不管你是否有粉丝，只要你是有留言功能的微信公众号，都可以进行买卖。他们看到消息后，不禁感叹：又错过了一个赚钱的机会。殊不知，比错过赚钱机会更重要的是你错过了一个生命刻度。

生命刻度当中，除了你偶然遇上的机遇，剩下的就是你通过实现计划去完成的标注了。大胆、想象狂野地去制订计划，用尽心力去完成，并且告诉自己：计划可以不是用来完成的，可以是用来进行的。你只要在路上了、在进行中，就比在原地踏步出彩很多。

而当你有一天回头看时，发现生命的标尺上，一步一个刻度，像走在雪地上的脚印，清晰无比，又蔓延到无穷的远方，就有了继续向前的动力。

你那点拼，真的不算什么

第一次和撒贝宁接触，是在一个月前录制节目的时候。当时的录影棚非常嘈杂，有嘉宾在舞台上演讲，有工作人员拿着麦到处走动，时不时还会有音乐响起。小撒就坐在一张破旧的桌子前，看着监视器里的现场画面，全神贯注地记笔记，写满一张又一张纸。每场录制两个半小时，有时候一天三场，有时候一天两场，他就一直坐在那里，安静地记录，穿着白衬衣，像个备战高考的高中生。

后来我每次录影都看到他坐在那张小破桌子前奋笔疾书的身影。据同事说，和他合作这么多年来，他没有迟到过一次，没有控场失败过一次，无论接到多么陌生的嘉宾，前一天拿到台本，第二天都能够流畅录制。

也就是在看到这些画面的时候，我对自己将要从事的行业有了踏实的感觉。主持人是幕前的工作,如果整天面对掌声和光环的他们都能做到如此认真、努力,这个行业就是有遮蔽喧嚣和浮华的可能的。

我来公司参加面试时,制片人问我:"你为什么要选择这个职业?"我说:"因为我不想过一种整天喝茶看报纸、没有挑战性的工作。"她大笑说:"现在哪里还有这种工作啊?每个行业竞争都很强烈,每个人都很拼的。"当时的我,内心并不赞同,因为我的确看到很多人过着并不热情的生活。

之前碍于视野和接触到的职业,我有一种误解:这世上很多人都是庸庸碌碌,不那么拼的,拼的人只是极少数。也就是出于这种认知,我写了很多"鸡血"文章,想给萎靡不振的众人注入一剂燃烧的能量。但现在,我发现我错了,起码是低估了"拼星人"的数量。

有天看到朋友的文章里提到她有同事每天中午都会去健身房健身的事情,我特别惊讶,打电话过去求证真伪,她淡定地说:"是啊,我们公司不止她一位呢,还有好几位同事都是十二点的时候就跑去健身房运动一个小时,然后才吃午饭。"我几乎是呼天抢地地说:"为什么要这么拼啊?中午不是应该吃过饭,好好睡一觉吗?"

她"火上浇油"地继续向我"炫耀":"你知道吗?我一个同事,每天早上六点起床,步行一个小时到公司,就是为了锻炼身体。"我想到自己每天走路半个小时去上班都感觉不能承受的样子,赶紧挂了电话。就是一个普通的小公司,员工都这样自我要求,甚至有人已经人到中年,依然能够兴致勃勃地完成对自我的重新塑造和打磨,并不是一副大腹便便的景象。

每次录节目,都会和很多年轻人打交道,我发现现在的"90后""95

后"真是了不得,拼得不要不要的。高考时努力从小地方考上大城市的名牌大学;大学里兼任学生干部的同时,奖学金拿到手软,出国机会样样不落;最值得一提的一点是无论从气质谈吐,还是穿着打扮,都特别让人舒服,甚至觉得时尚得恰到好处。这样的年轻人比比皆是,一抓一大把。

每次和他们交流,我都会有一种恨铁不成钢、自知不好的"圣母"心态:为什么他们的同龄人当中,有些读着普通高校,瞧不起学生干部,也不好好学习,只剩下每日花着父母的钱吃喝玩乐?越是优秀的人越是努力,越是"扶不起的阿斗"越是继续沦落。

有时候,我会怀疑到底有没有"拼"这个概念。因为不管是撒贝宁也好,每天去健身房的中年人也好,还是了不得的年轻人也罢,这种别人觉得"拼"的状态,对于他们来说就是常态,是再正常不过的一种生活节奏。有一天,我向一位同事感叹:"你怎么可以效率这么高!"因为当天下午六点布置的一个按照正常计划需要两天完成的任务,她在当天夜里一点多准时发到了我们每个人的邮箱。她弄明白我在感叹什么之后,只淡淡地说了一句话:"这有什么啊?很正常呀。"

是啊,把每件事都做到既高效又完美,不就是正常的人生状态吗?不知从什么时候起,它反而成为我们的一种追求,一种目标,一种需要别人狠狠去敲打、逼迫才能保有的激情。

自己做不到的,并不意味着别人没有在做。你那点拼,真的不算什么。

拒绝掉曾经梦想的工作，是什么滋味

每个人都会有自己的职业目标，最具体的目标之一就是几年之后，我要跳槽到××公司，该领域内的"大牛"公司。我也一样，在刚进入电视行业的时候，就锁定了一家公司，想着：等有一天我有能力了，一定要跳槽到那里。

没想到的是，这个机会阴错阳差地在这几天来了。因为机会来得太快，我都没来得及反应，就带着惶恐和迷茫参加了面试，得到的答复是：非常欢迎。这一天，距离我踏入电视行业仅仅一年半的时间。

从面试现场出来的那一刻，我带着骄傲和失落走在北京的街头。它那么早就来了？我这么快就能匹配到它？顺利到让我怀疑它是否值得。那边领导催着我回复是否确定入职，考虑两天之后，我给他的回复是：不，我还留在现在的单位。领导也许是惜才吧，回复我说："依然随时欢迎你来，想调动工作时，可以先考虑我们。"

就这样，从准备面试到拒绝掉这个曾经梦想的工作，我只用了三天时间。如果你问我："拒绝掉这份工作，你是什么滋味？"我想告诉你："不是爽，不是纠结，而是一种我终于肯面对现实的妥帖。"

我拒绝掉这个工作的第一个原因是：这个时代，已经是个体时代，而不是公司或者集体的时代了。虽然我现在还在公司工作，但是如果我要跳槽，我下面要挑战的应该是自己单干，而不是再加入一个公司或者集体。在这个讲究"个人品牌化"的时代，在集体中吸饱养分后就应该一个人站出来，而不是依旧让集体包裹你。

讲一个面试时的小细节。我参加电视行业的面试从来不说自己是作家这个身份，这次也一样，连"蓑依"这个名字都没提。但万万想不到的是在这次面试现场的十几个人中间，有一个人看过我的书和文章，她问我："你是蓑依吗？"我说："是的。"就是从这个"是的"开始，我发现面试现场的气氛有了微妙的变化。很显然，他们对"作家蓑依"这个身份更感兴趣。在电视行业，你可以找到很多和我能力一样的导演，但是既是导演，也会写作的人，一定不多。也就是在那个瞬间，我决定：我要继续做蓑依，保持和放大自己的独特性。

一旦你建立了自己的品牌，根本没有人关心你之前在哪些公司工作过，因为所有人都很清楚，自己把自己经营和培养好，难度远远大于借助公司这个平台成长。我既然是个体成长的受益者，又非常相信这个时代是一个越来越"个体崛起"的时代，就坚决不能再让自己恢复到传统的认知中。

我永远会记得"你是蓑依吗"这个提问，我只希望有一天，有人再这样问我时，我依然能够像现在这样底气十足，并且比现在更骄傲。

这也就是最近一两年我无数次劝诫我好朋友的事情，认识到这个时代的发展变化，有时候比你埋头苦干要重要得多。我认识的比我大十几岁的前辈，处于职业的"瓶颈期"，到了"天花板"。有一次她和我聊两家我们都熟知的公司，一家是非常大的央企，一家是风头正盛的创新公司，她和我花费了很多时间来商量她应该跳槽到哪一家，一起分析利弊。直到有一天早上醒来，我给她发信息说："为什么你不选择两家都不去，出来自己做？"她也被问住了。

被问住了，问题也就解决了，因为她从来没想过，所以一直在"围城"里面绕，可是一旦觉醒了，改变就容易了。后来，她离开北京，去广州和合伙人一起做了"个体成长"的咨询公司，研发各种类型的课程，到目前来看，还是风风火火的。

做自己，是没有任何风险的。如果有一天，你自己做不下去了，拿着这份"简历"再去投公司，远远比你一直在公司待着，拿到的待遇和职位都要好。

如果说"个体崛起"是第一个原因，是最本质的原因，那么还有一个表层的原因，或者说最肤浅的原因就是：我想要一个职场缓冲期，说白了，我想偷懒。

我在电视行业的第一份工作《开讲啦》过程中，用了半年的时间拼死拼活地学习，逼自己到深夜哭过很多次；在电视行业的第二份工作《我是演说家》过程中，用一年的时间做了两档节目，因为是新人，想要证明自己，所以两档节目当中都做到了"录制选手"最多。可以说这一年半的时间，在心理上，我从来没有休息过，都是绷着一根弦说：要证明自己，要比别人更努力，因为你是新人。

我知道如果我答应了现在的这个工作邀约，我又得加入一个新的团队，又得因为是新人，因为要证明自己，逼迫自己更努力。对于一个不服输的人来说，我肯定不会放任自己做到一般就可以了。可是，我必须承认，持续一年半高强度的工作和学习，让我的能量损耗特别严重，我需要休息，不是"想要"，是"需要"。

我有朋友说："趁着年轻，再拼上几年呀，人家有很多人持续努力四五年呢，你才一年半。"我回答他说："不好意思，我不想这么做。你说我偷懒也好，说我找借口也好，我就是需要一个职场的缓冲期，在这个已经非常适应的团队里面，依旧努力，但不用从头开始，拼死拼活。"世人都赞美"勤奋"和"努力"，可我也赞美"偷懒"和"放过"。人的能量是有限的，当消耗远大于吸收的时候，你可以允许自己跑得慢一点，接受一些供给再继续上路。

所以，如果有某个月，或者某半年的时间，在能养活自己的前提下，你不想那么努力工作了，请接受这样的自己，给自己一段"缓慢成长"的时期，有快有慢的职场节奏才是正常的，不要愧疚，接纳"慢下来"的自己。

当然，还是要勇于做梦，你看，你曾经梦想的工作，虽然你没有再去走，可是因为这个梦想，你变成了更厉害的自己，也变成了不一样的自己。目标有时候不是用来实现的，只是用来给你指路的，当你超过这个"路牌"，请继续往前探索。

中规中矩的生活，是块遮羞布

很多人的人生都是圆圈，在一个循环里颠沛流离；只有很少一部分人的人生是一条路，通向远方。

我从没有想过我的生活中会有这样一位朋友。突然从北京飞来，和我吃过一顿午饭后，就又飞回北京，因为想和我谈谈文学；大学读了一年就辍学了，因为第一年就把四年的学费花掉了；高中时做班长，把学生刚刚交的教材费，花了个精光；走投无路时，发现衣服的口袋里有两百块钱，一口气花掉，下一顿依旧吃方便面，常常感叹：我现在还能活着，就已经是奇迹了。

他对钱无比渴望，认为人生最快乐的事就是在街上撒钱，梦想着娶一位"富二代"女生，过上醉生梦死的生活；想在老家买一套房子，想奶奶了，就骑个哈雷去看她；想永远不长大，整天在动画片中开怀大笑。眼下他却在康德、尼采、萨特的作品中，无法自拔。为什么？因为穷得只剩下读书了。

这样的人生应该成为TVB剧中的主角，他却意外地出现在我的生活中，像是一颗地雷，在我的人生中砸了一个坑。我每天充满斗志地奔赴生活，他每天颓得要死；我从不开口说缺钱，他两句话不离"我穷得要命"；我中规中矩地读完本科读硕士还想读博士，人家愣是大学就辍学了。人长得帅也行啊，可他恰恰属于扔在人群中不会多看两眼的人。

但即便如此，我们还是成了很好的朋友。他身上有少年时的风，有才华掀起的波浪，有肆意妄为、不顾一切的蛮，有大不了放弃一切的勇，我从未见过如此自由的人。他在这个讲求地位、财力的社会，注定会边缘化，可是，又怎么样呢？他还不是好好活着，按照自己的方式活着。

我见过太多每天拼尽全力，试图走向人生巅峰的人，也因为见得太多，就想当然地认为这是人生最好的范式。他给我讲述自己的故事时，我一直提醒自己：不要露出惊讶的表情。事后想想，这是个聪明的决定，因为不同于常人的故事，不是与众不同，而原本就是人家自己的人生，个体的人生。

后来，翻杂志时，我看到了本来有可能成为前英国首相卡梅伦的接班人约翰逊的故事。卡梅伦是一板一眼的人，而约翰逊不断搞婚外情，骑着自行车也会闯红灯，录节目的时候，还曾经误吞苍蝇，整个人就是英国政界的"泥石流"。

约翰逊还不仅仅是在生活上这么任性，连面对英国首相这个职位时，也是看自己的心情。比如他打定了主意要支持英国脱离欧盟，却在离公开表态还有几分钟的时候，以短信的形式告知了卡梅伦，让他手足无措。就如同你和男朋友吵架了，冷战几天后，突然想出国散散心，在飞机起飞前的几秒钟，才给男友发了条信息，打得他措手不及，想要挽留你或者陪你一起去都来不及，什么都不能做。

约翰逊最终败了，没能当上英国首相，可是如果他是我的朋友，我会祝贺他：不论成为英国首相，或者成为一个任性、自由、本真的人，都是活出了自我，都是一个人的胜利，虽然是两条完全不同的路，但通向的都是远方。要知道，很多人的路是圆圈，在一个循环里颠沛流离。

在我二十几年的人生里，从来都不会关心这类人的人生，甚至曾经认为这些人太哗众取宠，太不负责，人生就该严肃对待。但是现在，我觉得能够戏谑，甚至有点荒诞地生活，也是一种难。

有记者问著名球星伊布："这次你觉得谁会赢得比赛？"他干脆利落地说："只有上帝知道。"记者追问："这个……问上帝有点难啊？"他以一副不可思议的表情说："你现在就在跟上帝对话。"好酷的回答，因为他对自己有足够的自信，你看不惯我，可是你也不得不佩服我。

仔细想想，这些不按套路出牌的人，都是有绝对功力的。我那个朋友，获得过很多文学奖项，甚至在文学比赛的时候睡着了，最后二十分钟才醒来，拿了个一等奖；约翰逊呢，在小时候，十五年的时间里搬家过三十次，又遇上父母离异，所有的人都认为他会成为问题青年，但他没有，靠奖学金完成学业，一步步走入政界核心圈；伊布就更不必说了，三十四岁的时候，还能打进五十个球，还能拿到周薪二十二万的天价合同。

　　我突然觉得，他们才是人生赢家，内功深厚，外在不羁。我们呢，很多时候因为内功不深厚，所以只能在外部中规中矩、老老实实地过活，生怕一不小心，连外在的"遮羞布"都会被撕得粉碎。

　　我把这个观点说给朋友听，他只回答我一句话

　　"人生赢家，是什么鬼？"

和蓑依聊聊天1

——工作两年，我没激情了，怎么办？

蓑依：

你好。我是一名幼儿园老师。在学校上学的时候真的是每天都感觉过得很充实，因为学的专业是我很喜欢的。无论是钢琴、舞蹈还是声乐，每次我都是第一名，专业成绩也是，不是别的原因促使的，全然是因为喜欢。因为喜欢，我可以一个人泡在琴房舞蹈房一整天。

后来我成功地成为一名幼儿园老师，每天都很有激情，只是单纯想把孩子们教好，把孩子们带好。看到他们笑我是真的从心底开心。但是不知道什么时候开始，上班就是为了完成各种任务，每天都在想教学任务还剩多少，备课还有多少没写，自制玩具的比赛怎样才能表现好，慢慢地好像忘记了当老师的初衷是什么。其实一开始我只是想把每一件工作做好，可是现在其实工作内容并没有增加多少，但是感觉自己的压力越来越大，而且现在外界对于幼儿园老师的误解越来越深。

现在我真的没了当时那种心态与状态，虽然空余时间依然很多，但是再也不会像以前那样用来练琴和跳舞，基本功也在一天天退化，渐渐都不知道自己在做什么，其实工作不过才一两年而已。蓑依老师我该怎么做才能找回当时的状态呢？哪怕一点点也好。

蓑依回复：

这是一个梦想照进现实的故事。我和上面这位姑娘的情况非常类似，我也是因为喜欢做电视节目，所以毕业后就一头扎进了电视行业。最开始做的时候，我也是非常有激情，但是随着日复一日重复、具体、琐碎的工作，激情渐少，多多少少有了些许无奈。我相信这是每一位怀抱着梦想，或者说凭借一腔热血进入职场的年轻人都会面临的问题——如何在工作中延续自己的激情？

首先，我觉得最重要的是要调整自己的心态——职场就是职场，工作就是工作，它和你的"喜欢"完全是两回事儿。很多人问我为什么不去做和写作领域相关的工作，我很清楚：如果我把写作变成我的工作，我一定会非常痛苦。当你喜欢的东西变成你每天都要逼迫自己去完成的事情时，一定是非常可怕的。可是，我又不能接受做自己不喜欢的事情，怎么办呢？我选择了我的第二"爱好"——电视，作为我的工作。

这样分配的前提是我非常清楚工作就是工作，工作一定会消磨你的激情，我舍不得让工作消磨写作，只能选择用工作消磨"电视梦想"。

所以，你也务必要清楚，工作是一定会消磨你的喜欢、你的激情的，坦然承认这一点，你就会稍微放过自己。所有的职场人，无论多么热爱他的工作，一定都会有这种情况，你不特殊。

接下来要解决的事情是面对工作的这种"消磨"，我们应该怎么做。以我自身作为例子吧，我一般会选择两种方式：

第一种方式是：在工作上给予自己目标和挑战。虽然做的是电视行业，每天都要面对不同的人，但做的时间久了，难免会有厌烦、不思进取的时候。对待"舒适区"，最好的方式就是制造难度打破它。我给自己的职场设计了很严格的目标，第一年做到什么程度，第二年做到什么职位……第五年的时候，成为什么样的人，我甚至设计好了第几年跳槽进哪一家公司。当你有很强的目标的时候，你的激情消耗得就会慢，因为你不是在和别人比较，而是在和自己比较。

我从来不和身边的同事比较，我有独属于自己的"职场偶像"，每天会关注偶像的动态，看看她最近做了什么节目，怎么做的，我可以学习到哪些东西。因为有她在前面指引着我，我不敢停下来。最近出现了一批做得很好的电视节目，我发了一条朋友圈，写道："我的同行们这是在提醒我——我在跳，你最差只能跑，绝不能走。同为做电视节目的人，看到她们跳得更远、做得更好时，我不敢松懈，我必须奔跑，而且是快速奔跑才行。"

所以，我给你的建议是你必须给自己设立目标，而且是能够让你持续奔跑的目标。比如说半年之后，成为全县最有名的幼儿园老师；比如一年之后，跳槽去私立幼儿园；比如三年之后，自己开一家幼儿园。你可以去看看你最喜欢、最欣赏的幼儿园老师是怎么做的，不仅是你身边的，可以是全国的，甚至全世界的，看看你的职业偶像们在做什么，而你怎样才能变得和他们一样。

第二种方法就是开拓工作之外的"激情"。现在越来越多的年轻人成为"斜杠青年"，每个人都开始身兼数职，不再只做一份工作。我觉得我还能够每天很有劲儿地奔跑，就是源于每天工作结束后，我回到家里还有写作等着我，在写作的过程中，我能够梳理自己，充实自己，给自己"加油"。

你也一样，你说你自己无论钢琴、舞蹈，还是声乐，都是第一名，而且自己非常喜欢和痴迷。既然如此，为什么不把它当作自己的"副业"呢？我不知道你所在的地方有没有类似的培训机构，是不是可以做兼职老师？又或者你可以在工作之外，继续精进自己的这些爱好，让其中的一项成为你最强的标签，说不定很多节目演出的机会也就相应而来了，甚至你可以辞职，去开设一个这样的艺术培训机构。

总之，你可以继续让你的热爱发光，让你的喜欢继续，不要让工作成为你的全部，在工作之外，你可以有另外一部分生活和生命。

最后，我想说的是，无论采用上面所说的哪一种方法，最基本的前提是你得对自己要求严格，要耐得住寂寞，要自律。为什么很多人工作一年之后会彻底丧失激情，成为自己瞧不起的普通人？很简单，因为不够自律。有很多自己想要去做，或者知道应该去做的事情，只是因为懒惰、拖延，就渐渐一步跟不上，步步跟不上了。

在学校里面，有老师逼着，有同学比着，但到了职场之后，只能自己和自己比。工作前一两年的状态非常重要，它很大程度上决定了你之后的几十年会以怎样的状态度过。有些人，用一两年的时间完成了逆袭，跳上人生的快车道；也有些人，自甘堕落，放弃自己，就真的再也起不来了。

很庆幸，你还会被自己气着，说明你对自己还有期盼，希望你有能力让自己的期盼不落空，毕竟自己把自己打倒，是最丧气的事情了。

第二章

YAOMO YONGSU
·
YAOMO GUDU

人生最大的惊喜是可能性

人生最大的惊喜是可能性

2018年的上半年,我集中全力去做的一件事情就是减肥。之前的很多年里,每年我也都嚷嚷着跑步减肥,但也全部以半途而废告终。厌烦了这种"下决心减肥——放弃减肥"的重复,在今年,我狠下心来,坚持每天去健身房,从寒冬腊月到炎炎夏日,终于,体重到了百斤以下。

体重下降之后的生活,慌乱得一发而不可收拾。网络上流传着一个段子:一个女孩子如果某天买了一支她很喜欢的口红,她第二天很可能会去染个头发,因为觉得头发配不上她的口红了;第三天可能会去买件衣服,觉得之前的衣服也不合适;第四天很可能连鞋子也要换掉。如同"蝴蝶效应"一般,我的体重下降之后,生活也变成了"段子"。

体重下降了,衣服宽松很多,当然要换掉;穿的衣服好看了,护肤也得跟上吧,只有身材好,脸蛋很差,那可不行;是不是还要买几个漂亮的包包啊,衣服换掉了,包包的色系也不匹配了啊。所以半年之后,当我突然出现在许久未见的朋友面前时,他们都惊呼不已:"这半年,在你身上发生了什么?"

也许,女孩子总也逃不了这份肤浅。当听到他们的惊呼时,我内心绚烂如花,倒不是因为夸奖,而是从他们的话里面,我听出了自己的变化,听出了自己的可能性。"原来,我还可以这样啊?"这是我"变身"过程中,最常发出的感叹。我曾经以为自己怎么也瘦不下来了,我曾经以为自己再也不会穿少女的衣服,我曾经以为我对好看的包包完全无感,但现在,这些元素结合在一起,让我变成了一个很酷、我更爱的自己。

像减肥这种抛弃"固化",挑战"可能性"的事情,是会让人上瘾的,就像你做到了一件很难的事情,之后再遇到更难的问题,你也有勇气去挑战。回想起让我这么意志坚决地想要减肥的原因,恰恰是我尝到了"这份甜"。

毕业之后,我为了完成一个从小做到大的"白日梦",在完全没有经验的情况下走入了电视行业。无数次被自己蠢哭,我却从来没有想过放弃,因为内心始终有一个信念就是:这个尝试失败就失败了,但如果成功了,我就会变成一个完全不同的人。既然我对自己有这方面"可能性"的期待,为什么在萌芽的时候就掐灭,不给它燃烧一次的机会呢?就是抱着这种信仰,我比别人更努力,比别人对自己更狠,比别人更能忍受。仅仅两年时间,我就在一档知名电视节目中,成为一个可以凭借自己的专业立住脚的人。

在我最初选择工作的时候，很多人对我说过一句听起来很熟的话："你找工作，要做自己能做的，而不是想要做的。"类似的话还有："没有公司免费培训'小白'，公司招你来是为了让你干活的。"这句话，我前公司的同事也说过。我不管现在的就业形势是怎样的，但我觉得这句话，你如果听了，你就是蠢，就是笨。

我们工作的目的就是延展和拓宽我们的可能性。工作占据了我们生活中的大部分时间，如果连这部分时间你都不能"自由"，不能完成对自己的塑造和教育，那生活还有什么意义？去做自己想做但还没有准备好的，这种"半碗水"的状态，恰恰是我认为进入职场最合适的时机。在初入职场的时候，你像一块海绵，可以不考虑其他任何东西，只需要专心吸水，让自己变得丰富。

职场如此，情场也如此。之前分手的时候，我总会想：应该遇不到比他更好的人了吧？在那个时候，我思考的路径是：我所经历的都是好的，也就是说，过去都是好的。现在想来多么荒唐，过去就是过去了，没有好坏之分，一个沉湎于过去的人，是没有未来可言的。而现在分手之后，我会比之前更充满希望，因为我自己都不知道下一个遇到的人是什么样的。多好啊！就这样，在时间的荒原中，你往前走一步，他往前走一步，不知道什么时间、什么地点，你们身边有什么人，你们就遇到了，就走到了一起。这种不确定性，这种可能性，这种偶然，不就是"相遇"的本质嘛。一个对未来充满期待的人，才能走向未来。

这些年，做电视节目需要采访很多人，我经常会问他们一个问题：你为什么要做这件事情呢？他们一般会看似很不负责任地说：稀里糊涂地就开始了。我继续问：那你们不害怕失败吗？他们大多数会反过来质问一句让我无比汗颜的话：任何事情，都会有成功，都会有失败，为什么你问我是否害怕失败，而没有想过我成功的概率更大呢？

也就是从他们的质问开始，我发现我其实是一个蛮悲观的人。因为不想让自己失败，因为知道没有人为自己收拾，所以在想事情的时候，从来都是先把缺点、可能失败的因素弄清楚，以为这样能够更快地成功。但其实，哪有人在没有做事情之前，就能把过程中可能遇到的问题一网打尽呢？没有人有这么厉害的前瞻性。所有的克服，所有的解决，都是在做事情的过程中完成的呀。

所以说，面向未来，敞开怀抱拥抱可能性的，都是乐观的人，都是脚踏实地的人。

没有泳池拒绝练习一百次的人

在上小学四五年级的时候,我得了一种病,需要在头皮表面注射针剂,现在想想都是很恐怖的事情,但是在当时,我没有哭一声。爸爸觉得特别惊讶,这个孩子怎么这么能忍受疼痛?其实他不知道,在当时,我一直在心里告诉自己:你是最棒的!你可以坚持住的!坚持就是胜利!吃得苦中苦,方为人上人!多么劣质的鸡汤,但在那个年代,这就是我知道的全部正能量。

最近一段时间,我频繁想起发生在十几年前的这件事,是因为我开始学游泳了。

虽然从小没有被淹过,但不知道为什么,我对水有一种天生的恐惧。其实也不仅仅是对水,我对一切危险的事物都特别恐惧,就连过马路这种事,我都比别人多几分紧张。这次学游泳,一方面是因为年初去泰国玩，所有水上项目我都不敢尝试，让我觉得气馁和无趣；另一方面是我现在去的健身房，有超棒的泳池，如果不去，白白浪费掉太可惜。

上第一节游泳课时，我连下水都不敢，教练很无奈，因为根本没办法教学；等到敢下水了，我又紧张到憋气都不会，生生呛了好多次水，教练开始以"糖衣炮弹"的方式对我说："其实，也不用非得学游泳，每个人都有特长。"

我明白他是想要劝阻我，但自诩"鸡汤界从业人员"的我，怎么可能放弃？于是，我对他说："你不用管我，我第一节课就是适应水，第二节课就是学憋气，第三节课学在水中站立，如果课时满了，我会继续付费。"他也挺无奈的，因为我三节课才能赶上人家一节课学的。

但是到第二节课的时候，他已经对我刮目相看了，连连问："你是每周六下午两点来上课的那个姑娘吗？你是最开始怕水的那个吗？"我冷淡地点头，他却有些不知所以。我是每周上一次教练的课，但是其他六天的时间，我能确保有四天时间待在泳池，一个人默默地练，一次憋气不行，那就五十次、一百次；站立不流畅，十次不行，一百次；手不敢松开水池边，那就一次一次松开，在水中央练一百次，水中蹬腿练一百次，手脚配合练两百次。就这样，利用零散的时间，不到一个月，我就可以在陌生的水池随时游泳了。

我还记得我练习憋气练到第八十多次的时候，在水池边，一个妈妈带着孩子在看，由于我憋的时间很长，妈妈对小女孩说："阿姨厉不厉害？"小姑娘鼓着掌说"好厉害"。还记得教练又新带了一个学生，那个学生也是怕水怕得要死，教练指着我说："你看，她现在做得多好，几周前还是一下水就呛到的人呢。"还记得水中蹬腿练一百次时，生生在水中待了三个小时，到最后完全没有力气了，两个五年级的小姑娘问我："阿姨，你怎么练这么久啊？我看你练好长时间了。"我说："我还差十次才能到我今天给自己定的目标。"她们说："那我们陪你练吧。"

不就是游泳吗？有必要这样吗？我问了很多周围的朋友，他们是怎么学会游泳的，他们都说得轻描淡写，有的还真的如同网上的段子说的那样：找个人把你踹下水，多练几遍就行了。

可是，对于我，这么小的一件事情，我却只能从"一万小时理论"本土化的"一百次练习"出发，付出也许在别人看来是笑话的勤奋练习。得笨到什么程度才这样学习游泳！

可是，我学会了呀，用一个月的零碎时间学会了呀，你别管我用什么方式，我学会了呀。学习游泳的这个过程，让我想到很多。我一直以来英语成绩都很好，高考时甚至考了一百四十几分，别人通常认为这种成绩是因为我爸爸是英语老师，可是只有我自己知道，在高二高三的时候，为了背诵新概念英语、许国璋英语，有将近一年的时间我的嗓子都是哑的，很多时候根本说不出话来，吃了很多治嗓子的药。我当时的好朋友是英语课代表，英语成绩比我还要好，她父母都是种地的农民，到了中学才开始学英语，她真的是有天赋，就是对英语有感觉，完全不读文章，靠猜都能得很高的分数，现在她也如愿做了翻译官，在外国使馆工作。

刚进入电视行业的时候，我特别佩服我的主编，怎么可以这么年轻就坐到《开讲啦》主编这样的职位？有一次我被台本憋得想哭，觉得委屈，她来告诉我："我当时为了学习写台本，就像一个捡垃圾的阿姨一样，把人家不用的、丢弃的台本从垃圾堆里捡起来，一点点地研究和模仿。"然后她问了我一句，"你捡过几次？"不要说捡了，别人的台本摆在那里，我都没有拿过来看几眼。

说了这么多，我其实并不想表达每个人背后都特别努力这一点，因为这是常识，根本不用去说，如同肖骁在《奇葩说》第四季总决赛说的最后一段话一样：任何被这个世界玩弄的人，都假装玩世不恭，同样，任何被这个世界褒奖的人，都假装没有努力，因为这样会显得高级，可那是"假装"不是事实啊。

我其实想坦诚：在很多时候，我们需要和很多人在同一个平台上竞争，有些人就是比你厉害，有些人就是天然具有优势，我们必须承认这一点，有些人的优秀甚至是你一辈子都超越不了的。可是那有什么关系呢，不会游泳的我们，只要坚持练习一百次，也可以达到和那些人一样的水平，没有一个泳池拒绝练习一百次才学会游泳的人。

这世界都在侮辱鸡汤，嘲笑鸡汤，你说你是个正能量的人，别人会觉得你可笑，你有病。事实上，他们或许在惧怕你，惧怕你用这些正能量戳穿了他们的扬扬得意，惧怕你用这些正能量不知不觉就超越了他们，惧怕你对自己狠起来，所向披靡。

保持对恐惧的渴望

有一天晚上我在睡觉，不知道为什么突然醒来，被房间里面一种"嘶嘶"的声音给惊醒，那个声音非常小，小到一走路就听不到了，但我躺在床上，却被吓得有点哆嗦。我的第一反应是蛇，特别像蛇蠕动的声音，可是这个推测很不符合实际，我住的地方是一个比较高档的楼房，不可能有蛇的，更不可能出现在我睡觉的地方，它根本进不来。

就这样，我在床上心惊胆战地躺着，做着各种猜测，就是不敢下去看看到底是什么。在那五六分钟的时间里，我一直在想一个问题：我已经多久没有这种恐惧的感觉了？我想了很久上一次这么害怕是什么时候，竟然完全想不到。曾经以为长大的标志就是越来越不害怕了，但是那一瞬间，我突然有些失落，人应该是伴随着恐惧才能长大的啊。

想清楚这一点之后，我就开灯下床找"凶手"，才知道是一个盛东西的塑料袋，里面的东西有些倾斜，东西坠落的角度产生了持续不断的声音。"小闹剧"解决了，但那种对于恐惧的感受在我心里再也挥之不去。有时候，我想应该是上天给我的一个暗示，提醒我，你的生活太缺乏恐惧了。

所有了解我的人，都会给我一个"强大"的标签，就算我爸妈也是，他们觉得我无所不能。在这种暗示下，我会做的都是迎头而上，见山开山，即便在我刚工作半年就裸辞的时候，我也一点都不害怕找不到工作，还出国玩了一趟。这样"强大"的背后，越来越清晰的是：我会越来越习惯做"低障碍"的选择，比如找工作的时候，找个觉得挺好的就行了，即便别人都艳羡，但我心里清楚，我能找到更好的，只不过要难一点；比如在写东西的时候，出几本畅销书也挺好的，有些人写作一辈子都没能做到这一点，但我心里也清楚，我能做到更好，可以不用一直写"鸡汤"，只不过"鸡汤"对我来说很顺手、很容易。

在我觉醒的那一刻，我也终于看清现在的状态，我从小到大听到过太多人说：你太好了。可我需要的其实是：你值得更好的。如果想要有更好的生活，你要做的别无选择，只能是把自己放进"恐惧"的环境中，奋力挣扎，就好像一个不会游泳的人站在泳池边，有人踹了他一脚，掉进泳池的他只能用尽全力求生。

对，就是"求生"的感觉。也许有人认为现在的生活还需要"求生"吗，好好活着不好吗？不，在现在这个时代，"求生"比任何时候都重要。时代飞速发展，如果你连"求生"的信念都没有，那说明你的生活也就死水微澜了。

最近"抖音"非常火，我在意识到它火的当下，第一反应是：小年轻们玩的东西。对于一个尊崇"有营养"的人来说,对没有营养、纯娱乐的东西是完全抵触的,所以我就一直没有下载。直到有一天晚上,闲着无聊,我就想着打开看看玩一下呗,等我玩过三分钟之后,我知道我上瘾了——它给我展示了一个更有趣的世界。那些闻所未闻的创意,那些普通人的娱乐精神,那些发现"大神"的网络推手,太多要学习,太多要研究,太多给我"当头棒喝",太多颠覆我传统思维的东西了。我本来就是做电视、做娱乐的,一个小小的抖音,原生态的娱乐,比我们做的还要高级。

是的,在我上瘾的那一刻,我是恐惧的,是对二十八岁就有可能落后于时代的恐惧,是对自己不开放的恐惧。可是这种发现恐惧,进而战胜恐惧的过程是非常快乐的,像打怪兽升级一样,有战胜的快感。成年之后,尤其自认为阅历渐长之后,还能在生活中感到害怕,是一件需要能力的事情。害怕和恐惧的心理需要被装进瓶子里好好保存,既然它那么珍贵,就让自己有"自产"它的能力呗。

人们由于立场不同,看问题的时候,只会看到表面,狭隘的视野会让我们错过非常好的东西。如同我开阅读课这件事,也许你看到的是赚钱,也许你看到的是一年坚持做一件事,但你看不到的是这是我对自己施加的"恐惧"。昨天发出"招募"信息,只是一个按钮的问题,但是一下午的时间,我一边编辑一边经历心惊肉跳:不知道会有多少人报名;不知道会有怎样的人报名;不知道自己会不会比去年做得更好;不知道未来的一年,我的生活会有什么样的变动;不知道人们是否能够懂我对阅读的理解——世界上根本没有快速阅读这回事。可是,就是昨天一下午,和好几千个下午都不一样了,它因为这份恐惧，因为这份提心吊胆，因为这份手足无措，而变得闪闪发光。所以昨天我发了一条朋友圈：记得此刻的感觉。

如果现在你坐在我的对面，告诉我说："蓑依，我好害怕！"我会特别羡慕你。"害怕"是非常珍贵的东西，说明你有做不到或者很难做到的事情，也说明你有非常大的潜力，一旦你做到，就不是此刻的你了。可是，"害怕"是可遇而不可求的，我们不能待在原地等它到来，只能制造机会扑上去。

昨天发完招募信息，我给几个好朋友说："有一种创业的感觉。"有朋友说："说不定几年之后就真的创业了。"另外一个朋友说："也许用不了几年。"那一刻，我知道我对"创业"是有恐惧的，那么，我可以扑上去了。

勇气是我最强大的盔甲

2016年6月18日,我在杭州,作为话剧编剧专业的毕业生,参加自己的研究生毕业典礼。

2016年6月21日,我在上海,入职《开讲啦》节目组,成为一名电视导演。

2017年2月15日,我在北京,坐在《我是演说家》节目的办公室里,开始了新的电视生涯。

不到半年时间,我辗转三座不同的城市(中间还去了很多城市出差)工作和生活,一次又一次重新开始,有朋友说我是因为自己有底气,能力强才能这么做;也有朋友讲我可能运气比较好,这一年都顺风顺水的。但只有我自己知道,支撑我义无反顾地做选择的,无他,就是——我敢。

作为一名没有任何电视背景的应届毕业生,去全国名列前茅的《开讲啦》面试时,HR 问:"你有实习经验吗?"我坦率地说:"在五年前的大二曾经去报社实习过三个月。"她确认:"就这一次实习经历吗?"我说:"是。"她说:"你对后期制作软件熟悉吗?"我反问:"后期制作软件具体是指什么?"她哑口无言。我唯一让她露出笑容的是,我对薪资没有要求。也许是想给我一个确切的答复,于是她找来《开讲啦》的制片人凌霜姐再给我一次面试的机会。

我还记得当时凌霜姐进来问我的第一句话就是:"你觉得自己做电视最大的优势是什么?"我斩钉截铁地说:"热爱。"还没等我补充,她迅速追问:"你为这个热爱做了哪些具体的事情?"我又是一脸茫然,我的确非常"热爱",而我确实也没有为此做任何事情。

后来凌霜姐告诉我,她能够让我进来的最重要原因是觉得我是一个非常积极、阳光,只要稍加点拨就可以做好的人。但她高估我了。

我知道进入一个陌生的领域很难,但是没有想到那么难。录制的时候要穿什么颜色的衣服;粘贴台本的时候,怎样高效又漂亮;如何保障观众按时入场,最开始的两个月我都在做这些非常基本,基本到现在看来都不需要动脑的工作,但是那些天,这些东西把我一次次逼到泪流满面。

有一次,因为在审片的时候,发现了好几个错别字,我又被主编批评了一顿。其实在审片前,我已经检查过无数次了,可是无论我怎么用心,还是出现了这样的错误。我真的不知道该怎么做了,所以在她一句句的训斥中,我又不争气地流下了眼泪,尽管努力克制,但还是被主编发现,临走时,她恨铁不成钢地说:"整天哭是没有一点用处的,有本事就去做啊。"

我到现在还记得那一刻的绝望。对于别人来说,可能是很简单的事情,对你来说就是特别难,真不是不用心,也许你就是缺少这方面的能力,就是做不到。

在我哭得每天眼睛都肿胀着去上班的时候,有好几位同事劝过我:"要不别受这个罪了,你可能真的不太适合,你回去写书吧,比这赚得多,也不用受这些气。"当说的人多了,也许你会动摇,但是我从来没有怀疑过,甚至在那些时刻,我心里仍有一些无所畏惧的骄傲——我觉得我比他们更适合做电视。

靠着这一口气,靠着这份无知者无畏的勇敢,我熬过了半年的时间,在我离开的时候,我终于从一个一无所知的人,变成一个对每个部分都熟悉,而且心里有底的人。对,最重要的是心里有底了。如果你经历过一无所有、一片茫然、轻飘飘的阶段,你就会懂得,沉甸甸的心里有底是多么难,是多么值得骄傲。

2016年的年末,带着那么一点点底气和百分之百的勇气,我决定去北京,继续从事电视行业。北京电视行业的竞争远比上海要激烈,可是我不怕,我觉得最难的阶段已经过去了,再难也不会多难了。我身边的前辈在知道我做这个选择时,非常气愤:"在央视的平台上做节目,你要好好珍惜啊,而且你现在在这里只是刚刚熟悉,你还没有能力可以自由选择的。"可我不听,我觉得我在任何时候都有自由选择的权利。2017年春节刚过,我去北京投递简历、面试,收到了《见字如面》和《我是演说家》两档节目的入职通知，最后，因为《我是演说家》的办公环境更好，所以我选择了后者。

就是这么任性，那被泪水浸泡的几个月，也休想侵蚀我的勇气，浇不灭的，只会更张扬。

在职场的一年半时间，很短，短到我没有经验可以传授，但是我唯一确信的是，在你一无所有的时候，勇气是你最大的依傍，是你最有力的盔甲。大家都不喜欢"有勇无谋"这个词，可是很多人连前面的"有勇"都没有做到，就已经害怕失败了。

读大一的表妹很喜欢一个男孩子，鼓起勇气去接触了他，也说明了自己对他有好感，但是男孩子有点冷漠，并且她通过室友去问过他，他对表妹好像也没有太大感觉。表妹整天难过得吃不下，睡不着，她想要不顾自尊地去找他，但是又想要让自己清醒一点，想着人家不喜欢她，她又何必去贴冷屁股呢？她来问我怎么做，我说："继续用热脸去贴冷屁股。你才大一，这是你第一个喜欢的男孩子，如果不用力去追，都对不起初恋、暗恋这个词。勇气这个东西呢，是可以一而再、再而三地自我生产的，而你身边这个男孩子，一旦错过，就真的不在了。"

当然最可气的是，有一天，你会发现，你当时不敢去追的男生，娶了一个从各个方面来说都不如你的女生。这种挖心蚀骨的疼，真的会遗憾终生。

和我关系很好的一个姑娘，前不久鼓起巨大的勇气去参加了暗恋将近有十年的男生的婚礼。在过去的几年，我们一直劝她表白，她就是觉得自己还不够好,还没准备好,想要身材更好一些、收入更高一些的时候再表白。直到她从同学那里意外得知男生将要结婚的消息,不知道从哪里来的勇气,她非要去参加,即便人家并没有邀请她。那一天,她穿得特别美,清水出芙蓉,有点淡淡的性感,她不断问我们:这样是不是不太好啊?要不要穿粉色的裙子,还是这双白色的高跟鞋更好看一些?可是等她回来,眼妆花得一塌糊涂,浑身瘫软,我们想着:可能是新娘太好了,她觉得自己无论怎样努力都比不上吧。

直到过了几天之后,她才淡淡地说:"我觉得这些年,我都是一个人在跳舞。我本可以不用活得这么用力、这么辛苦的,因为他的新娘,就是几年前的我。如果那个时候我能够向他表白,我非常确信,站在婚礼上的女人,一定是我。"

勇敢,很多时候和努力一样重要。

本来我想说,勇敢,很多时候比努力更重要。但当我写下这句话的时候,我发现我错了。我们总爱给一些品质划分等级,比如勤奋、努力、踏实、选择、勇敢、运气等,重量级是不一样的,最为明显的是很多人会告诉你:与其相信运气,不如相信勤奋。这不对,不是"与其"和"不如",生活会教会你,运气和勤奋一样重要。

所以,你可以懒,可以颓,可以跌到谷底,可以走投无路,但记得你始终拥有一件随时可以使用的武器,那就是勇敢,哪怕是无知的勇敢。它可以给你辟路,给你意想不到的句点。

梦着想着，梦想就实现了

不知道你们现在过年的时候，还看不看春晚？但我每年一定会看的，就像是二十几年前一样，拿着个小板凳，坐在电视机前，目不转睛地看。看春晚，对我来说，早已经不是看节目本身了，而是看我梦想的方向。

其实是一个很解释不清的开始。在我十岁左右的除夕，我坐在电视机前看春晚，等所有节目结束后，我还是坐在那里，然后看到了春晚幕后工作人员的名单，那么多人的人名，我唯一记住的是"总撰稿"那一栏，只有一个人的名字：于蕾。现在想来，应该是那个时候，我心里已经有写作的种子，所以觉得"撰稿"应该是离我最近的职位了。虽然我并不清楚"撰稿"是做什么的，但就这样记住了，以后每一年都等着春晚结束，等着看"总撰稿"这个名字。这样模模糊糊地过了几年之后，我萌生了一个愿望——希望有一天，也能在"总撰稿"的名单上看到我的名字。

读高中时，在文理分科的时候，我和老师、父母吵过一次。我想学艺术，走电视这条路，但是因为成绩不错，被要求本本分分读文科。后来我之所以也妥协了，是我认为自己真的也没有机会走电视这条路，毕竟在我的周围，没有听说过一个人在做电视。于是，这颗种子就放在了内心最偏僻的角落，但它仍在生长，在很慢很慢地生长。

大学毕业时，我考研失败了，有一位在央视工作的前辈说可以推荐我去杨澜的《天下女人》工作，我又欣喜又纠结地想了很多天，还是放弃了，在北大和电视之间，我选择了前者。现在想来，上天其实在考验我，在零星的虚荣和真正的梦想之间，我选择了马上就可以看到成效的虚荣。等到我研究生毕业的时候，也就是三年之后，我还是选择了去做电视。我有时候会想，如果我本科毕业之后就去做电视，也许会比现在好很多，可是呢，人生又不能假设。

就这样，我在电视这条路上阴错阳差地走着，工作一年半的时间里，基本上做的都是编导的职位，只不过每次看节目的时候，看到"总撰稿"那一栏，还是会记起小时候看春晚的场景，想着再过几年，这个梦想肯定就实现了吧。万万没想到的是，上天也许是为了鼓励我吧，让这一天提前这么早到来了。

今年上班的第一天，我接到临时调组的通知，去做央视"三八"节的晚会，而且要做的职位竟然就是我一直心心念念的"撰稿"。这其实是一个很普通的工作，但是对于我来说，这是我梦想实现的重要刻度。那一刻，我仿佛看到了一种光环，闪闪亮亮地从天而降，在奖励我这个痴痴做梦的小孩：一直做一个梦就会实现。

做这个工作的过程，和其他电视幕后的工作一样复杂，但我不怕持续熬夜，不怕复杂的人际关系，不怕不能胜任这些从未做过的工作，连想抱怨、想说苦和累的欲望都没有。这是我梦寐以求的东西啊，感恩还来不及，怎么会有一点点负面情绪。

这也许是我一生中非常小的一个插曲，小到从开始到结束只有不到十天的时间，但背后有至少十年的记挂。与其说做这件事让我实现了一个梦想，不如说这件事让我更相信梦想的实现。

我说了很多次，我从小到大的梦想有两个，一个是成为一名作家，一个是成为电视人，到目前为止，这两个梦想不能说是实现了，但出了三本书，做了三档节目，也算是有了一个不错的开始。如果十年前，我给周边的人，哪怕是我的爸妈说我想要成为一个作家，估计没有人相信；如果说我想成为一个电视人，可能很多人云里雾里，不知道我在说些什么。但你藏在心里，你梦着，你想着，就真的实现了，这应该是世间最奇妙、最难解释的事情之一。

在我的节目中，我对其中的一个选手特别关照，不是因为私下有什么关系，只是因为我们在第一次见面的时候，他给我说的一段话。他说："上你们的节目，是我想了至少三四年的事情，我特别渴望这个舞台，我觉得只要能让我站在那里，不管名次如何，只要站在那里，我就能对自己有交代了。"的确，当我把节目邀请发给他的那一瞬间，他就拼尽了全力。在那一年中，给我打最多电话的是他，发最多微信的是他，给我交最多稿件的是他，只要录节目，可以连续几天不吃不喝的是他。结果本来很多人都不看好的他，过关斩将，进了总决赛，而且演讲视频在网络上播放量过千万。

  我并不是在帮他，而是在帮自己，因为当我愿意为他梦着想着的事情助力的时候，我相信有一天，也会有人愿意帮我梦着想着的事情添一把火。这是一个谈梦想很俗的年代，也是很多人已经不相信梦想的时代，但我始终相信奋斗、善良和专业等这些非常朴素的东西，包括梦想。大多数人不知道的是这个时代太适合做梦了，只要你敢想，你一直想，在或大或小的程度上，就一定会行动，也一定会实现。

  所以，去做梦，然后始终想着这个梦，给它发酵的时间，坐等奇迹碰撞的时刻，是人生追求之路上最大的浪漫。

有特点，就是最好的竞争力

这两天我被调到了《我是演说家》节目组，和在《开讲啦》做的事情差不多，在前期的准备阶段，都是找无数的青年代表和选手，然后在里面挑选出最适合上节目的。当面试过几百人之后，我得出的结论只有一个，那就是如果想要出类拔萃，就得有特点。当然，这有点自相矛盾，因为出类拔萃，就是有特点，就是你比别人多一个 level。

当时从《开讲啦》辞职时，我是裸辞，还没找到下家，就递交了辞呈。表嫂知道后，问："你怎么敢这么做？不担心找不到工作？"我还真没有什么担心，一方面，这世上很少有人找不到工作，只是非常适合和相对适合的区别；另一方面，如果不能找到电视的工作，我还有写作和出版相关的工作可以做，所以没有什么可着急的。

事实上，也是写作成为我进入电视行业的敲门砖。对于一个从没有学过电视,一点剪辑手法、拍摄手法都不懂的人,他们之所以能接受我,就是因为他们相信如果我在写作上很认真、很坚持,做出了一定的成绩,在其他事情上也不会太差。可是如果没有写作呢,我空有一腔对电视行业的热忱,我很笃定我有做好电视的能力,可是别人不是我自己,我拿不出东西来,怎么能让别人相信呢?

在这次求职的过程中,我还去了另外一家非常有名的电视公司,没想到的是四轮面试下来,几乎没有人关注我在《开讲啦》的经历,而是一遍遍地问我关于写作、出版、自媒体、文学的理解。等到面试结束,他们想要让我进入编剧中心,从事电视节目的编剧。最后虽然我拒绝了,但是这次面试给我很大的启发。你去面试一家电视公司,人家竟然不看你之前的相关工作经历,而是格外重视你其他的经历。我觉得面试的人是聪明的,因为职业是别人给你的,你只是在那个平台上做事而已,但在你没有平台的时候,你给自己制造了平台,给自己制造了一个成长的空间,这要比前者难很多。

很多人对电视行业有误解,觉得节目组为了收视率,想尽一切办法找噱头,所谓的"有特点"就是搏人眼球。但其实并不尽然,因为有特点的人,无论他这种特点是能力超群,还是走无厘头路线,还是把脸豁出去了,背后一定有某种信念的支撑。节目组从来不会找那些只因为一个视频而红,或者只因为一个事件而红的人,一定会考虑他们的持续生产力或者影响力,也就是说会挑选经过时间考验的。

换个角度去想,如果节目组不找"有特点"的人,整个节目中都是平平淡淡的人,你会看吗?为什么《奇葩说》那么好看,就是因为每个人都是"奇葩",把"特点"发挥到了极致。这个时代已经不存在"世有千里马,而无伯乐"的情况了,如果你是千里马,无数的伯乐会扑上去,你想拒绝都有点不好意思。

可是,成为一个有特点的人却又是一件特别难的事情。首先,你得知道自己擅长什么、喜欢什么,再不济,你要设计自己在哪个方向上去努力吧。

其次,确定方向之后,得有超出常人的坚持吧,不仅仅是勤奋,还会面对很多争议和冷嘲热讽。这个阶段短则两三年,长则十年,连续一周做同一件事情都会觉得枯燥,如果几年都要在同一个赛道上奔跑,就算是奥运冠军也有想放弃的时候,这时候你的综合素质就得跑出来,如果不能为你加满油,未来往往就此中断了。

最后,当机会来临的时候,你还得抓得住它,不因为它很小,或者看起来不郑重,就没有慧眼去识别它。当大的机会来临的时候,你还得承受得住,不因为惧怕而怀疑自己。

总之,如果你能成为一个有特点的人,基本上你就是一个成功的人了。前面的那几个点如果全部做到,不就是一个成功人士需要具备的所有素质吗?成功有大有小,成功有好多个层面,你在一个层面上做得很极致,就是成功。

我想起来过年在老家看到的一幕,我去一位在读大学的亲戚家里,聊天时,她在政府机关任职的爸爸说了这样一句话:"像你姐姐(也就是我)这样一开始就能找到自己擅长的事情,有很明显特点的人非常少,咱们只要按部就班地做自己的事情就好,不要为难自己。"

我觉得这一句话,给了我三个信息:

一、what?我是一开始就找到自己擅长的事情的吗?很多人都认为那些能做自己喜欢的事情的人，都是幸运，都是一开始就知道的，说白了就是天上掉馅饼。哪有？寻找这个方向也是需要花费力气的，甚至比你后来的坚持花费的力气还要多。

二、因为这件事情难，就不要做了？为什么那么多人被人群淹没、被生活淹没，不就是因为不愿意多吃一些苦嘛，不愿意挑战一下自己。什么叫为难自己？为了让自己更好，给自己制造一些苦难，竟然是为难自己，不应该是真正对自己好吗？

三、他在政府机关工作，太熟悉"枪打出头鸟"这句话了，和很多学生一样，生怕自己一突出，就会招惹来什么东西。那么，可不可以先做一件事，就是你真的做一件有特点的事，看看是否有人来找你事情？不要臆想，不要揣测，等你尝试之后，你就会知道——你想多了！

总有人有趣到让你怀疑人生

　　前几天晚上我对敏圆做采访，她大二的时候开始做临终关怀志愿者，两年半的时间，送走了58位病人；大四毕业有保研和留下的资格，她放弃，去黄土高原支教了一年；现在在南京创业，做了一家儿童教育机构，而且还做了一个小房子的房东，这个房东做得也相当特别，里面的每一件器物都是有故事的，而且她还会把房客的故事记录下来，录成电台。

　　这样简单的描述已经让很多人觉得惊讶了，一个"90后"的姑娘，已经有这么丰富的人生，可是我们现在还没有看到那些细枝末节的东西，比如她和临终病人发生的无数故事，她在支教的过程中遇到的无数故事，她和每一位房客发生的无数故事，无数故事的叠加，让她的生命厚度翻倍。

我一边和她闲聊，一边有点恍惚：这么多年，我做了些什么呢？无非也就上学、读书、写作。虽然说不是每个人都需要去过敏圆那样的生活，可是我对自己依然是失望的，失望于自己迈开的步子还不够大，失望于自己还是太懒惰，失望于自己没有成长更快的要求。

现在我越来越相信，一切经历都是财富，在年轻的时候就是要经历。虽然现在我只有二十多岁，但是早已经亲身收获到"折腾"的价值，很难想象，如果能够一直坚持"折腾"，到了六十岁的时候，财富会有多少。一定能成为一个别人望尘莫及，而自己也丰盛得不行的老太太。

从《开讲啦》辞职时，其实我并不是特别清楚为什么要这么做，但总是有一个冥冥之中的声音，在对我说：你应该换个地方。后来，到了现在这个工作单位，虽然才过去不到十天的时间，但我感觉自己已经被颠覆了一遍——天哪，那么多有趣的人，那么多有趣的事儿，那么多人在过着与众不同的人生。

不断生长、不断蜕变的人生，才值得一过。从这个程度上说，我一直觉得特别幸运，有些时候是我自己选择变化，而有些时候，是上天在逼我变化。如果说每个人生来都有自己的使命，我貌似看到了自己的道路。

昨天，在我忙到发疯的时候，有一个陌生的男孩子和我聊天。我有些不耐烦地说："你把资料发给我，我先看看再说吧。"然后我就听到我的手机不断接收到信息的声音，我随意瞥了一眼，拿起手机，就再也没有放下，立刻给他打了电话，聊了一个多小时，然后约了这两天继续聊。

这个"素人"男孩子叫林客，一个到此刻还让我心情澎湃的男孩子。他本科在美国读的，研究生在加拿大读的，全部是全额奖学金，研究生毕业去墨西哥拿着旅游签证打着"黑工"，用他的话来说，上午他还在街上为找不到工作而游荡，下午已经在和墨西哥的能源部长、环境部长觥筹交错了。

这些或许都不值得一说，最吸引我的是他现在在上海做留学咨询的工作，在工作之外，他有一个"每日一新"的习惯，就是每天要做一件与众不同、有趣好玩的事情。他做了些什么呢？就简单地举一个例子吧，圣诞节那天，他要求自己给一个陌生人打电话，必须维持十分钟才算成功。当时因为下班晚，担心国内的人已经休息，所以他利用时差，先是给美国人打电话，第一个打给的是白宫，白宫那边给的回复是：因为是圣诞节，所以政务暂时延缓办理；第二个打给的是特朗普的办公室，没人接，最后他打到了特朗普大楼下面的咖啡馆，咖啡馆的负责人和他聊了几分钟；第三个他打给了英国伦敦图书馆，说明本意后，图书馆的管理员就真的和他聊了十分钟。

当然他还做过在飞机上让空姐教他用烤箱；还想尽办法让总裁在年会上跳张震岳那首无底线的《我爱台妹》，还有无数让你觉得这个人有趣到让人想要尖叫的事情。

这些天，我每天都沉浸在"大跌眼镜"的状态中。无数的故事向我涌来，我特别担心自己不能消化，于是要求自己：除了上班时间，剩下的时间都给阅读。外界太丰富，也太喧嚣，只有阅读，才能帮助你沉静，帮助你内化。我很希望这样一静一动的生活能够再持久一些，持久到让我自己也开始着手做些意想不到的事情，持久到让我自己也开始真正由内而外地变成一个有趣的人。

好开心啊——我还是一个因为听了无数故事而心潮澎湃、秒变迷妹的女生。

这几年，我所见到的普通人的奇迹

2014年9月份，我出版了第一本书《这世上的美好，唯你而已》，销量好到——前一分钟编辑还在对我说：你让你的朋友多买几本啊，不然卖不出去，后一分钟，编辑就发来图书排行榜的截图说——天哪，第一了。我一辈子都会记得这个让我哑口无言、目瞪口呆的时刻，冥冥之中，我知道：我的人生要被改变了。

我出生在山东的小镇，全镇或者整个县城都没有一个人出过一本可以拿版税和稿费的书，有为数不多的几个人自费出版过在网上根本买不到的书。这本身已经算是一个小小的奇迹了，更何况，那一年我刚刚大学毕业。为了保住这点奇迹的小火花，我只有更加努力，一年接一年地出书；完成了研究生学位；做过五十多场线上线下活动，然后凭借这些积累，毕业后顺利进入了央视一套《开讲啦》节目组做导演。虽然我根本没学过电视，一点视频剪辑的基础都没有，但还是拿到了这张很多电视人可能都拿不到的入场券。

这是我作为一个普通女孩的小奇迹。在我高三或者说大四的时候，我从来没有想过我会过上现在这样的生活，尤其对于一个读了一所普通的大学，家中无权无势的农村孩子来说，现在所得到的都是做梦都未曾梦到过的，可是它实现了，就在眼前，这一切的源头，不过是我从小学五年级开始，没有放弃过的写作。

写作很微弱，你写了几十万字，可能也没有人看到；写作也很强大，坚持下去，它足以让你的命运改变。我可以很坚定地说：我现在所拥有的一切，都是写作带给我的，包括让我有机会参与很多人身上奇迹的诞生。

2015年的一天，我的微信公众平台后台，一个女孩儿给我留了一段很长的话，大致是说，感谢我的书对她的帮助，让她能够坚持自己现在的状态——每天早上比同宿舍的人起得都早，为了出去参加活动，化妆都在学校食堂进行。凭此一点，我和她互加了微信，然后，她成了我微信公众平台的编辑，没有一分报酬；然后，我的第二本书出版的时候，她悄无声息地帮我拍了一个宣传视频；然后，她上了《非你莫属》求职实习岗位，很多家公司争抢；然后，在实习加班中，她依然帮我做微信编辑，后来认识了我的好朋友李尚龙，也开始帮他做一些运营的事务；然后大四毕业，她没有选择去公司，而是自己成立工作室，做了一个和她所学的编导专业毫无关系的色彩培训，前提是她花高价去上了无数次形象色彩方面的课程；后来，就是到了现在，毕业半年的她，靠着这一技之长，自由工作着就养活了自己，而且还帮助和影响了更多人。这个女孩儿叫郭怡，大家都称她"鸡血怡"。

什么叫奇迹？奇迹就是你能离开旧有的"阶层"，进入一个你从未想到过的"阶层"。"阶层"和身份地位无关，它代表了你未来的可能性是无法想象的，而不是可以一眼望到头的。郭怡的奇迹在于她一个和写作基本没关系的人，却几乎认识大多数畅销书作家，能坐下来和他们喝一杯，聊聊天；在于她一个没学过运营的人懂运营，没学过形象色彩，一年之内却可以做老师；在于一年前她可能只有五种成长可能性，到现在你不敢妄言她的可能性了。

所有认识郭怡的人，都会给她贴一个标签：折腾。因为除此之外找不到更合适的词了。折腾是需要资本的，折腾在有些人那里是个贬义词，意味着盲目，而在她这里代表的是热情、可能性、不设限。她就是有一种颠覆人们认知的能力，这才是她身上最大的奇迹，她活出了自己的人生版本。

第三个故事，是关于一个普通得不能再普通的女孩子的，以至于我现在都忘了怎么和她认识的了，但是我的读者这一点是一定的。在我认识她的很长一段时间里，她就是宁波一所大学的普通学生，没有任何标签，可是不知道哪一天，她身上开始有了"跑步"的印象，好像她无时无刻不在跑步或者为跑步做准备。我们唯一的一次见面是去厦门参加活动，她还生生地从行李箱里拿出了一双跑鞋。她不断参加大大小小的马拉松，我从没有问过她为什么要跑，只看到她跑啊跑啊跑啊。2016年，她大学毕业了，有一天，她突然过来告诉我："蓑依姐，我去'跑步指南'工作了。""什么？就是那个微信大号'跑步指南'？""是的。"然后我想到了她之前"跑啊跑啊跑啊"的画面就会心一笑。

2016年的下半年，我开始创办写作课，在很多人的报名邮件中，我看到了她的名字，跑去质问她"你参加写作课干什么？你的工作和生活和写作没有任何关系啊。"她也没解释，就说"想学嘛"，我收了她，她按照我的要求一篇一篇地写，进步很大。说实话，那时候我觉得作为一个日常的记录者，写到那种程度已经不错了。一个月之后，我开设第二期写作课，她又屁颠屁颠地跑来了，我继续说："干吗？一期还不够吗？"然后她告诉我："我现在负责"'跑步指南'的微信平台运营了，很大一部分工作是写文章。"那好吧，我继续给她上课，她没有一次推迟交作业，而且每次作业的水平都很高。因为她的这种认真，让我有所"偏心"，每次给她上课，都会多说一些，开个"小灶"。三个月的写作课程全部完毕，我们暂停了一段联系，也不知道对她到底有没有用。

一天，我看到她给我的信息：蓑依姐，我的文章被推荐到简书首页了，我没有当回事儿；一次，她又告诉我：她对现在的工资很满意，因为写的文章多，而且点击量不错，收入很高，我依然不在意；直到有一天，我刷朋友圈，看到一个让我热血沸腾的标题，控制不住自己点进去，一看——是她的！我把这篇文章转给她，她诚诚恳恳地说："好像我有机会把所有这些文章出成一本书了。"

我掐指一算，从她没有任何一个标签，到现在"跑步"和"写作"

成为她闪闪发光的标记,也只不过不到一年的时间啊。之前我毫不怀疑毕业后,她肯定会被扔进就业大潮中,被职场所淹没,但是现在,她好得不像样子,以至于公司愿意出钱让她去参加各种培训,给她各种机会。对了,她叫红妹,在"跑步指南"上有个笔名:丁铛。

我有自己的读者群已经三年多了,和不计其数的人打过交道,但是现在能让我记起来的,只有少数几个人。随着知识付费时代的到来,很多人花费很多时间在选择老师上,却忘记了,你就是自己的老师,自学成才的人更容易创造奇迹。

并且,我还有一种感受就是2016年是一个普通人创造奇迹的突然爆发之年,就我自己的视野所及,这一年随着自媒体和知识付费的到来,有好多人拥有了"脱胎换骨"般的新生。因为2016年下半年,我几乎把所有工作之外的经历都放在了写作课上,所以学员里面的一些人,真的让我惊讶不已、印象深刻:

一、两位学员一起创办了"深圳吃货小分队"微信平台,我认识他们时,每篇阅读数一百都不到,现在已经位列饮食类公众号前十。

二、一位做思维导图的学员,马上出版她的第一本书。

三、一位基本不看书、不写作的妈妈,在两个月的时间内,养成了早起的习惯,早上五点左右起来读书写作,然后给孩子做饭,坚持到现在;在三十几岁的时候,报了北京大学创意写作专业的研究生考试,重拾自己的梦想。

四、一位辞职在家,孩子已经上中学的妈妈,开始写作、办社群,她让我印象深刻的一件事是:因为我的课程是录音,没有文字版,她一个字一个字地把所有课程记录下来，发给我说："蓑依，你也许用得到。"
　　……

　　如果说我对大家有什么寄语的话，那就只有一句话：别一直告诉自己努力了，赶紧创造奇迹吧，多多少少没关系，先拿出成果来，别一直在路上，在自己的假想中。

和蓑依聊聊天 2

——人生啊，哪有什么正常不正常？

三十三岁，211硕士，有孩子有老公，自由恋爱，夫妻和睦，工作相对稳定，均无不良嗜好。自己尽力做一个好妈妈、好媳妇、好员工，也时时在充实自己，提高自己。

但生活中难免会感到心情"困苦"，心无处安放似的，有个声音一直在叫嚣："去放纵吧，逛逛酒吧，去你想去的上海或者哪里旅游吧，甚至，想去见前男友。"与老公聊，与闺密聊，都不敢全部说出，否则觉得自己不正常了（因为信佛也不会去喝酒）。我就一直克制自己，但以后这种心境还是会出现。

我用过最好的解决办法是，听济南新闻广播《金山夜话》，端正作为女性的职责——贤妻良母，同时建立自己的精神后花园。

但我很怕这种情绪再次出现，一旦出现，就像失去所有的理性，看什么都是错的，就像全世界与我作对，全世界都不理解我一样。

亲爱的：

收到你的来信，我是羡慕的。三十三岁，有一个很安适的家庭，有稳定的工作，还有自己的精神世界，这说起来很简单，但我想，其实也是很多人梦寐以求才能有的东西。妥帖、舒服，一切都在顺利地往前推进，这就是非常好的生活状态了。有个词叫作"平凡可贵"，没错，世事无常，能做到把家庭、工作和生活处理得很协调，足够可贵了。

你说到自己"失去理性"的情绪，你因为这一点感觉到"困苦"，我却是为你感到高兴的。亲爱的，有这种情绪才是一个完整的人啊。如果一个人每时每刻都在克制自己，只允许自己做一个好妈妈、好媳妇、好员工，而没有放松、失调、感性的那一面，那才是真正可怕的。所以，不要去听什么新闻广播，强制自己端正作为女性的职责，更不要把标准定义为"贤妻良母"了，照顾好孩子和家庭，这只是你的一部分，并不是你的全部。

你说，你想要去放纵，想去酒吧，想去很多地方旅游，想去见见男友，多么旺盛的生命力，多么热爱生活啊，为什么不去呢？是因为这些不符合做"贤妻良母"的标准吗？如果一个标准不允许你去做认为对的事情，那就打破这个标准。

我现在还没有结婚，可能会有些站着说话不腰疼的嫌疑，但是如果我到了你这个年龄，我依然会想去酒吧就去酒吧，想去全世界旅游就去，想去和初恋男友喝一杯，就约他出来。你也许会问："这样你的老公会高兴吗？你婆婆愿意看到这样的儿媳吗？这是非常现实的问题。"

我的处理方法会有两种：一种是会提前给他们说清楚我的想法，尤其是和自己的老公，如果他愿意和你去酒吧，或者愿意和你出去旅游，那最好不过了；如果你只想一个人出去，就和他说清楚，你想要一个人静静。如果他们还是不同意，我还是会去的，家庭会因为柴米油盐的事情争吵，也允许自己因为这种事情和他们争吵。

另一种方法是在我结婚之前，我就会考虑到这些，把这个因素当作一个选择男朋友的重要标准。这其实就是"三观"当中很重要的一部分——你认为婚姻应该是什么样的状态。如果你觉得在婚姻当中，女性就应该做个"贤妻良母"，我也赞同，那我们都OK；如果我不赞同，那就尽早分手。

我和男朋友之间当然也有各种各样的问题，但是这一点上，我们两个的观点是非常一致的。虽然现在是情侣关系，但我想和朋友去酒吧喝一杯，可以不和他打招呼；我想去日本，他没时间去，那我就自己去；他答应陪我一起抓娃娃，但是一直没有找到合适的机会，有天我和男同事一起去商场，两个人看到抓娃娃机，就想抓一下，结束后，我给男朋友说："对不起啊，本来第一次抓娃娃的机会要给你的，但是我今天和男同事去商场，太想抓了，然后就和他一起玩了。"然后他问我："抓到了吗？"我说："一个都没有。"他再问："那开心吗？"我说："超开心。"他也笑得像个傻子说："你开心就好呀。"

有时候，我们在确定结婚对象时，太过于考虑一些比较实际的问题——是否有车有房，工作是否有潜力等，很多时候恰恰忽略掉了两个人对婚姻生活方式的理解是否一致。所以，如果你还没结婚，可以在这个方面多做一些沟通。

其实这个问题，归根到底还是女性对自己的认知定位问题。在我看来，不管是恋爱，还是婚姻，都是女性成长的阶段，是一个刻度，但是尺子还是你自己。虽然进入每一个阶段都要调整自己的状态，但是始终要记得一件事，就是：你还是你自己。你可以做任何你想做的事情，虽然这个时候你需要顾及多方面的感受，但并不意味着你不可以做。不要给自己枷锁，对婚姻和家庭当然要负责任，责任之外，你还是有你自己的自由的。

充分尊重自己的欲望。在婚姻的"围城"里面待久了，想出来透一口气很正常，只要不违背法律和道德，是自己认为对的事情，就放心大胆地去做好了。

我在想，我三十三岁的时候会是怎样的呢？我理想的样子是：早上醒来时身边有老公，写作一个小时后，做好给孩子的早餐，然后化个妆去上班，在公司里面依旧可能和上司吵架，依旧是团队里面精力最旺盛的那一个。下班后，约朋友吃个饭或者喝杯酒，晚上回家陪孩子玩会儿游戏，睡前看会儿书或者和老公一起看看电影，聊聊天。这样说起来，其实也没有什么特别的，可是这样的一天，是我此刻梦寐以求的一天，因为我知道，真正实现起来，每一步都很难。但是幸好有酒，幸好有愿意为之奋斗的自己。

YAOMO → YONGSU , YAOMO → GUDU

→ YAOMO YONGSU,
YAOMO GUDU →

第三章

和时间做朋友

要么庸俗,要么孤独

和时间做朋友

  不管一个女生多么强大，过了二十五岁，真的就会有对年龄的焦虑，新陈代谢开始变慢，皮肤变差，连睡眠都会成为问题。我也一样，这些年，拼了命地工作、狠下心来健身、逼着自己护肤，不过都是为了对抗时间，希望岁月能对我手下留情。
  直到有一天，我在上班的地铁上随便刷微博，刷到了一位我的偶像过生日的信息，看到这条信息，我才惊呼：原来，她已经四十岁了。在那一瞬间，我仿佛开了窍：时间真是个好东西啊，它可以让你成为任何你想要成为的人，为什么我那么着急忙慌地要和时间对抗呢？
  是啊，时间真是个好东西啊。有时候，我会拿出自己二十岁的照片，和现在的照片比较，还是喜欢现在的自己啊，眉宇间的自信、对未来的笃定，还有那么一点点包容所带来的柔软，这都是二十岁不能比的啊。二十岁是好看,是漂亮,可是也空洞,眼睛望向前方,也只是望着而已。而此刻望着前方,会看到一条路,一条通往未知的路。

你想要实现的目标,你想要成为的自己,你想要活成的样子,都必须经由时间,没有什么比时间更好的"愿望实现"利器了。但是,时间的好,是有前提的。有些人蹉跎一生,也就温吞?了一生,时间本身没有好坏,是度过时间的你我,分出了它的好坏。

我的一位好朋友是国学达人,北京大学中文系本科,香港中文大学历史学硕士。我和他第一次见面时,问他的第一个问题是:"为什么你硕士毕业之后,没有去做任何和国学、文学、历史相关的东西,而是去了金融机构,一做就是四年?"他听完我的回答,认真地看着我,坦然一笑说:"如果不是这四年的历练,现在你一定不想看到我。"

当他说出这句话的时候,我就明白了。提到"国学达人"这个标签,我相信在很多人的想象中,都是"学究式"的,知识虽然丰富,但是无趣得很,只会"掉书袋"而已。我做文化类的节目这么多年,也确实见过很多这样的人,以至于因为无趣,就算录制了,考虑到效果,也不会播出。他却完全不一样,历史系走出来的少有的"怪才",他自己形容这四年金融领域的修炼,像是帮他打通了一次"任督二脉",之前都是"务虚"的,只在知识的海洋中遨游,现在"落地"了,在资本的土地上,扎根生长。

四年的时间,在他那里,你可以感受到非常强烈的力量。我相信这四年的时间里面,他一定憋着一口气,知道自己肯定不会一直在金融领域做下去,他未来想要做的一定还是国学,于是,很多个下了班的夜晚,或者和甲方争论不休的时候,他会偷偷对自己说一声:想想你做这些的目的是什么。也许其他人都是为了赚钱和体面，而你是为了积攒和锤炼，有一天，形成一种新的传播国学的"门派"。

我很喜欢他，也明白四年之于他的力量，是因为我和他是同一类人。我身边很多朋友问过我一个问题：你研究生毕业时，已经写过很多篇 10W+ 的文章了，为什么当时你没有直接选择做自媒体，迎风而上？是的，当时身边的人在自媒体赚得盆满钵满的时候，我转头，一下子钻进了一个完全陌生的领域——电视行业。除了热爱之外，我很清楚，电视行业是一个能够非常快地让人成长的领域，毕业之后的第一份工作如果是电视行业，我认为几年之后，我一定比同龄人成长得更快。

事实也是如此。没有电视行业的工作经历，就没有现在的我，成长速度之快，是我之前连想都不敢想的。

度过时间的方式有很多种，你可以韬光养晦，隐忍几年时间，给自己打一个坚实的地基；同样，你也可以克制、自律，用日复一日的精进，打造自己的铠甲。

我经常提到我的榜样——作家李筱懿，她最让我记住的一点是她每天早上 4:25 起床写作，我偶尔会用她的这种方式激励自己，但很多时候，根本做不到规律地写作。前几天，她过四十岁生日，发了一条朋友圈，我才突然意识到：她已经持续这样写作至少五年了，她非常有底气地说：一万个小时练就了我的核心竞争力。

时间的力量"太恐怖了"，在你完全意识不到的时候，就把你打败了。写作对于大部分从事写作的人来说，是一个很简单的事情，但是她用至少五年的坚持，让写作成为自己的竞争力，让普通的写作者望尘莫及。

我身边有很多的写作者像她一样，一写就是五年、十年、十五年、二十年，只是用自律和坚持，就淘汰掉一批又一批写作者，连"功力"都不需要，只用时间这件武器就可以。

罗振宇最近每年跨年的时候，都会做一场《时间的朋友》脱口秀。从电视节目制作的角度上看，这个题目一点都不吸引人，没有传播的力度，但是当我在地铁上翻看微博，突然开窍的刹那，突然对于这几个字——时间的朋友，内心生出一股感动。

我们的一切都是靠时间所赐，我们如何去利用时间，时间就给我们怎样的回报；而且，时间在我们手中，可长可短、可稠可稀，完全被我们操纵。当我们意识到这一点，就会被"生而为人"所感动，所激励，所鞭策。

你那么晚才开始学习，有什么用呢？

有一天看一个朋友写的文章里面写到这样一个场景。朋友今年四十多岁了，最近几年受到各方面因素的影响开始注重自我提升，甚至痴迷上阅读，每天手边都离不开书。她十几岁的儿子看到妈妈的这种状态，好奇地问了她一个问题："妈妈，你现在再去读书，有什么用呢？"这一问，把我的朋友问懵了，她不知道该怎么向孩子解释清楚。

当我看到这个细节的时候，我脑海中的一个反应是：等我将来有了孩子，我一定不能让他问出这样的问题。我要从小就向他灌输"学习和吃喝拉撒一样，是生活必需"的观念，虽然知道说起来容易，做起来难，但是它应该是我"育儿观"中非常重要的一环。

但是回到这个问题本身：一个在之前的四十几年都没有好好读书的人，到了四十岁突然觉醒，有什么用呢？我相信不只是孩子有这个疑惑，很多年轻人其实也面临着一样的情况。在我们传统的观念中，大学毕业之后，学习在某种程度上就停止了，因为"功利性的学习"结束了。

小学好好学习是为了考中学，中学好好学习是为了考高中，高中好好学习是为了考大学，甚至很多人在考上大学之后，就已经放弃学习了，因为"无用"，你学习再好，也不会自动让你考上硕士；你学习再好，也不会有一份工作主动摆在你面前；你学习再好，也不会在毕业后有车有房，走上人生巅峰。总之：好好学习和不学习，得到的结果是"无差"的，甚至不学习的人，比每天好好学习的人看上去更成功。

也就是说在很多人的认知里面，学习就是指"功利性"的学习，一旦学习对自己的生活没用了，就彻底放弃了。我身边的上班族，每年加起来读一两本书的人，都屈指可数，好几个好朋友感叹说：已经两三年没有摸过一本书了。当我问他们原因时，除了抽不出时间，除了没有兴趣之外，我还听到了一个貌似"理论正确"的理由——靠读书、靠自我学习成长太慢了。所以他们习惯于去上一些周末课程，去和一些该领域的大佬喝喝茶、取取经，他们经常说的一句话是：大佬一番话，胜读十年书。

相对于那些完全不学习的人来说，他们靠"取经"学习还算是不错的了，起码做到了有输入，但是我完全不赞同他们说的：靠读书和靠自我成长学习太慢了。他们自认为听了大佬的一番话，或者上了几节所谓大师的课，迅速学习到了东西，但我相信，过不了一个月，等他们再去反思这些依靠外界学到的东西时，很可能会忘得一干二净。

有些学习看似快速，同时，也会很快速地被遗忘。没有任何学习，是不需要通过自身消化来完成的，别人灌输给你，或者你从别人身上去吸收，如果懒得自己"走"一遍的话，就相当于买了一个商品，消费完了也就结束了。

幸好，这几年，"知识付费"开始兴起，很多人眼看着身边的人开了课程，赚了钱，也开始跟着去学习，想着自己未来也能靠输出知识来赚钱。无论怎样兜兜转转，其实，这些人还是逃脱不了的一个魔咒就是：学习就得是用来赚钱的，并且得快速赚钱才行。

但世事如何变化，在我看来，学习的功用和赚钱是背道而驰的，学习不是用来赚钱的，哪怕你因为学习赚到了钱，也是附属品，只是连锁反应而已，而且这个赚钱的速度快不了。

学习本来就是"无用的"，这也就是我反驳朋友家小孩子的第一个点，我会告诉他："亲爱的，你的判断标准错了，是否需要学习的判断标准，不是有用没用。你现在上学学习，是为了自己成长，是为了让你的理解力匹配上你见识世面的速度，绝不仅仅是考试。只要你用功学习，考试考得好坏，妈妈并不会特别怪罪于你。"

于我而言，保持学习最大的作用就是它能让我对自己有掌控感。我最怕的状态不是颓废，不是痛苦，不是气愤，而是失控，就是自己不能控制自己，自控力特别差。有很多情绪或者状态，别人可以帮你调整，但是自制力只能通过自己来塑造。保持学习，是提高自制力，对人生有掌控感最好的方法。几十年如一日地保持学习，很难，可是也正因为它难，如果我们能做到，那我们人生的其他方面都可以得到掌控，你可以因此而做到很好地管理自己。

一个每天阅读十页书的人，和一个月不摸一本书的人，对人生的掌控程度是完全不一样的。对自己人生的掌控感，其实就是一种幸福感。有的人认为幸福来自放任，来自我可以随意地哭，想买什么就买什么，想吃消夜就吃消夜，这些都是浅层次的或者说肤浅的幸福感，它们稍纵即逝，而且幸福过后，马上就会有自责或者后悔紧跟其后。而真正的幸福感是自律，是你能在五十岁的时候，因为自律保持了二十岁的身材和脸蛋；是你在职场上，按照自己的规划一步步往前走，没有因为贪恋薪水或者轻松而止步不前；是你成为一个精良的人，有自己的学识、品位和幸福体系。

所以，我想告诉孩子的第二个点是：妈妈现在学习，是在寻求幸福，就像你现在和小朋友一起玩耍，或者追喜欢的明星会感受到幸福一样，在妈妈这个年龄，学习也会让我快乐和幸福。

也许很多人好奇，为什么你不告诉孩子，学习没有早晚，什么时候开始都可以？因为我不相信这点。在我的认知里面，学习有早晚，越早开始越好。如果在这方面，我没有给孩子树立榜样，我就算说出这句话，他也不会信服，所以如果你有孩子，或者确定将来会有孩子，那么请在孩子开始认识你的时候，就让孩子信服"妈妈是一个持续学习的人"吧。

健身是一种自处方式

　　终于，我有资格来谈谈健身这个话题了。

　　在过去的很多年里，我一直断断续续地健身，目的当然是减肥，和大多数减肥的人一样，结果都以失败告终。要不就是坚持不下去，要不就是觉得枯燥，要不就是找不到健身的意义，总之，健身是一件哪怕硬着头皮去做，也很难坚持下去的事情。

　　而今年年初，我再次下定决心减肥的原因，说起来有点可笑。当时，我遇到了一位非常喜欢的男生，两个人交往不久之后，我知道距离"赤裸相见"很近了，捏着身上的肥肉，那一瞬间，我突然有一种很气馁的感觉。那么努力地提升自己，仿佛世上所有事情都可以解决的人，在面对身体的一堆肉时，却生平第一次有了"自卑"的感觉。不，我讨厌自卑，我要解决掉自卑。

就是这么一个看似不起眼的时刻,让我想要彻底解决肥胖这件事,如果这个时候不解决掉,就好像身体里面埋藏着一颗"不自信"的炸弹,随时会自我崩溃。

第二天,我去健身房报了私教课,又一次开始了"逼着自己"的减肥之旅。那个时候还是冬天,全身都被厚厚的衣服包裹着,在换衣间换衣服的时长,都让我有些崩溃。幸好,有教练逼着,有昂贵的私教费用逼着,我只能硬着头皮一天天地练下去。当你咬牙坚持下去的时候,当你积累到"一定量"的时候,你会发现,运动这件事变得越来越简单,因为你熟悉了,你适应了。

但接下来,面对的更大挑战是:吃。健身界流传的"三分练、七分吃"是非常重要的提醒,有段时间,我因为饮食不调整,进入了瓶颈期,无论怎样加大运动量,脂肪都不会减少,于是,被迫改变饮食结构。这对我来说,比坚持运动还要难。

我从小就是一个非常喜欢吃饭的人,加上经常会有好友聚餐,控制口腹之欲,基本上等同于扼杀了我所有的快乐。可是没有办法,继续硬着头皮来吧,我最不喜欢吃的一类东西,恰恰是减肥最应该吃的东西;吃东西之前,会默默搜索一下食物的热量;晚上七点之后,滴水不进。有整整两个月的时间,我过得清汤寡水,因为不懂怎么吃才更健康,只能采取最低等的手段——少吃,甚至不吃。

这样坚持的结果是体重的确开始下降,运动加上调整饮食,让我在六个月的时间内,减掉了二十斤,更开心的是因为是运动减肥,所以身体紧实,看起来至少减了三十斤的样子。在这六个月的时间里面,除了坚持运动和克服糟糕的饮食习惯之外,对我来说,还有一个特别大的障碍,就是网上会有无数的人贴出他们的减肥攻略,例如一周瘦七斤,一个月瘦二十斤,半年瘦五十斤。

当别人都以那么快的速度瘦身的时候,我的内心是焦虑的,"我怎么可以这么慢"。但是事实在证明,非常努力地运动,非常克制地饮食,已经尽了最大的努力,还是瘦得这么慢,没关系的,没有什么好遗憾的。承认这个事实非常困难,仿佛在承认自己是一个"差生"。可是现在回过头来去想,那些网络上谣传的各类减肥方式,都是非常不科学的,无论是减肥饼干,还是水果减肥法,都是没用的,一定会反弹。

我非常感谢自己当时对自己说的那句话——你尽了你所能尽的努力,没有什么好遗憾的。就是从这句话开始,我便不再和别人比较。我就是我,每个人都有自己独特的体质和生活方式,在任何事情上都是如此,只有拼尽全力,才可以告诉自己:没关系,慢慢来。

在那些可谓"暗无天日"的日子里,我经常会想两个问题:一个问题是,这样痛苦的状态,什么时候结束呀?二是,当我减肥成功之后,我还会坚持吗?这两个问题时常蹦出我的脑海,但随着时间一天天过去,我知道自己完全是杞人忧天。

夏天的时候,我收获了"减肥"的果实,全部衣服都是最小码的,从一个没有腰的人,变成一个每个人见到都会称赞腰细的人。这一年的夏天,我买了无数衣服来奖励自己,甚至希望夏天可以更长一些,再长一些,我不再关注别人是怎么评价我的,也不再证明给男朋友或者好朋友看我的身材有多好,而是我自己开始悦纳自己,开始欣赏自己,开始爱自己。

因为这份自己对自己的欣赏，我的私教课上完后，我非但没有放弃减肥，而反而开始了真正的健身之旅。我不再逼迫自己，也不再是为了瘦身而运动，单纯是为了增加体能，为了能让自己看起来更年轻、更紧致。我见到过好几位四十多岁的女人，当你见她们第一面的时候，完全猜不出她的年龄，她们有一个共同的特征，就是健身。

是的，真正到我减肥成功的时候，我才意识到"健身"的真谛——保持健康，保持强大，保持年轻。现在，我比减肥的时候练得更狠了，也练得更勤了，而且，有一天我突然发现，健身融入了我的生活，成为我生活的一部分。

我每天的生活相对来说都比较规律，上午写作、看书，下午上班，晚上运动，如果哪一个晚上不运动，我就会觉得心里空落落的。而且如果那个晚上不运动，我很可能就在看电视剧或者刷微博中度过了，我觉得这样浪费时间太不值得，我更享受在健身房中挥洒汗水、咬牙坚持的时刻。

有一天，我看到朋友发的一句话："拥有好身材，是关于一个人面对整个世界如何自处的思考。"我非常赞同。拥有好身材的过程，是自我训练非常好的方式。

在开始锻炼之初，我想着要变好看，要拥有好身材让别人喜欢，后来才发现，我真正想要解决掉的是我自己对自己的不认可，对自己丑陋、油腻那一面的讨厌，想要整个人都有质感的自我追求。

锻炼的过程中，每一刻我都是被无形的压力逼迫着，逼迫着走进健身房，逼迫着吃热量低的食物。后来我才发现，我真正过的是一种引导自己走向自律的生活，我开始学着分配自己的时间，学着克服自己的贪婪，学着自我激励，学着在不能坚持的时候，承认自己原来不是一个那么有毅力的人。

减肥成功之前，我所有的运动，都是"减肥"，成功之后，所有的运动才是"健身"。我曾经以为减肥成功之后，我会很容易放弃，因为我的目标消失了，但是后来发现，健身是自己和自己的较量，是和自己想要变得更好的较量，是和孤独、寂寞、无聊的较量，是和身体、岁月的较量。

经历了这么一圈，我有一个很深的感慨就是，掌控了自己身体的人，真的就掌控了自己的人生。健身的每一天、每一个阶段，都是一种修行。它很孤独，它很累，它又很公平，很友好。我们可能为很多事情拼命过，但是因为主观和客观的因素，总会有一种不匹配的遗憾，但是健身，就是一分汗水一分收获，你所有的努力，都写在你的脸上、胳膊上、腿上，它有一种精细记录、完美匹配过程和结果的圆满。

我很开心，在我二十八岁这一年，我收获了又一种观察自我、观察生命的方式。这在我踏进健身房的第一天，是完全没有想过的。很多事情都是这样，你不走下去，不走到头，都不知道这份礼物有多贵重，都不知道它会让你如何绽放。

碎片化的时间，正在阻碍你的成长

有天晚上，我在一个微信群里给大家介绍了我新认识的朋友——海鸣姐，我说她的人生经历很丰富，有许多值得大家学习的地方，然后请她做个自我介绍。@她很久之后，她都没有回复，而群里的人都在翘首等待，于是，我私下里给她发了条信息，大致意思是说：你赶快回答一下吧，别人都等着呢。

海鸣姐给我的回复是："亲爱的，现在我在带孩子睡觉，晚上的时间属于我和孩子，有什么事情，我明天一早，自己的时间开始时，我会回复的。"这个回答，让我对她的喜欢程度又增加了一些，严格控制自己的时间，什么时间干什么就专心干，再好、再突发的事情也等到该处理这些事情的时间去做。

前几天，我转发了一条罗辑思维的合伙人脱不花的微博，她说她对自己的要求是：每天早、中、晚三次集中时间处理社交媒体、邮件等方面的信息，不要随刷随到。这是最节省时间的方法，不能再赞同。经过她的提醒之后，我开始按照这种方式来做，把手机放在最看不到的地方，电脑上的通知信息也全部关掉或者断网，发现效率提高了不仅仅几倍。

现在大家都在推崇用碎片化的时间来做一些事情，有时候，我会觉得是一种误导。我曾经很长一段时间是在用碎片化的时间去做事情，比如在上卫生间刷微博的同时，也不忘给自己的写作寻找素材；又比如吃饭的时候，突然想到要联系一位朋友，趁着有空，赶紧打个电话。这样做的后果是你真的做了很多事，也确实解决了很多问题，但最大的坏处是这些东西，你都没有有效吸收。

完成事情、解决事情只是初级阶段，更高级的阶段是你完成了对这些事情的反思和吸收，而这一步的完成需要模块化时间，不是碎片化地见缝插针。比如我上卫生间刷微博的时候，看似积累了写作素材，但只是看到"耶，这个角度不错"或者"这个事情值得一说"就记下来了，而并没有用心、系统地去想：我自己对这个事情的看法是什么？这个角度是否真的有切入的意义？你不可能去想，因为你马上要上完卫生间，回到自己的工位上，继续工作。

中国人痛恨那些"说话说到一半的人"，其实，"做事只做一半也值得痛恨"，碎片化的时间带给我们的就是太多"事情只做到一半"，更可怕的是有些人认为事情做到一半就是做了，并没有意识到如果再做一点，就会是完全不同的样子。

看书的时候就好好看书，遇到不理解的地方，用笔记下来，而不要赶紧拿出手机来查一查；吃饭的时候就好好吃，不要想着看个视频伴着吃饭会更愉快。我刚做电视时，有两三个月的时间，吃饭的时间是不敢看综艺节目的。因为我当时要求自己必须一帧画面一帧画面地做笔记，分析节目每一分钟的设计，如果我吃饭的时候看了，其实是白看，因为我不可能做到一边往嘴里塞东西，一边还动脑子去分析每一幕的内容。好几次我因为只顾着去分析内容了，筷子放在嘴边几分钟都没伸进嘴里。

而且，更低效的是如果我吃饭的时候心不在焉地看一遍，第二遍想要再仔仔细细去分析的时候，我心里会有一种"浮躁感"，因为觉得自己看过了，对它没有新鲜感了，导致我看第二遍的愉悦程度大打折扣。

说白了，那么强调利用碎片化的时间，就是只求数量，而忽视了质量。你利用碎片化的时间做了那么多事情，我一点也不羡慕；相反，我羡慕你一天只做了两件事，但把这两件事都真真正正完成了；羡慕你专注之后，还能好好放松，还有一些时间无所事事一会儿。

别把自己塞得太满，也别强求别人。我一位人品特别好、人缘也特别好的朋友发了一条朋友圈，感叹道："我每次给朋友发信息，都是隔很久之后才能收到他们的回复，我的人缘真的是太差了。"明明他是我们朋友圈里公认的好人，不可能是他的人品问题。只不过是他现在对"速度"的要求太高了。为什么你发了信息别人就要第一时间回复呢？当然可能他们看到之后，故意没回复；也可能是他们忙着逛街或者打游戏没有回复，但最好是因为都在专注做自己的事情，还没有到处理社交信息的时间而已。

世人都不喜欢捆绑，那也不要无意识地就被社交媒体捆绑了。

去学习那些能帮助你完成内化的东西

很久之前,和做纸媒的前辈聊天,我说如果有可能,我还蛮愿意从社会新闻做起,慢慢成长为一名调查记者。她惊奇地看着我说:"你们年轻人现在还会有这样的想法吗?去做新媒体多好啊,赚钱又多,又不那么累。"我的回答是:"如果没有机会进入主流纸媒,我也坚决不会做新媒体的。"

这是一种偏执,因为我从来都认为,并且有数据支撑地认为:能在新媒体做好,并且做到顶尖的人,基本上都是从纸媒出来的,媒体心态发生了变化,内容呈现不一样了,但本质上,内容的生产没有变。

"新媒体"这个职业出来后,一大批人拥入,似乎进入新媒体行业了,就真正成为一名媒体人了。从根本上来说,如果一个人没有内容生产能力,无论去何种形态的媒体,都只是一个"皮毛客"。现在市场上有很多新媒体课程，我有好多朋友赶场似的，从这一堂课到那一堂课地学习，最后发现，基本不能完成内化，因为不直接介入内容，如果只从运营、推广或者包装去学习，也只是知道了而已。所以，如果你足够聪明，对自己有要求，有机会进入新媒体行业之后，别花费那么多精力去学习运营之类的外围东西，先把内容的制作了解透，最好做到自己能生产，然后再术业有专攻。

前段时间，我在换工作时，一共面试了两家公司，一家是我现在的公司，另一家也是非常有名的电视节目制作公司，虽然后面这家给出的待遇更优厚，平台更好，但我最终还是放弃。

放弃的理由总结起来很简单，他们想要让我"术业有专攻"，想让我像流水线上的工人一样，专门负责其中的一个环节。我拒绝，原因是我刚踏入电视行业，需要了解电视行业的整个过程，必须对整个过程非常熟悉，并且每个过程自己都亲自做过，这之后，我才能集中去负责某一块。如果一开始我就专攻某一块，其实并不会做好，因为我未必熟悉每一块之间的连接，而电视节目是一个整体，不能只顾自己这一块，而不配合其他。

我之所以会说这么多，是因为一位小朋友前几天给我留言，他想要试着给我做品牌运营。我问他："你为什么觉得自己可以做？"他说："我上过很多运营的课程，自觉运营能力还不错。""那你给我举个成功的案例呗？"他说暂时还没有。"那你从品牌的角度，给我说一下你觉得我最大的特点是什么？"他告诉我："非常努力并且很文艺。""那你举出一个你最想为我运营的部分吧？"他说："我觉得你的排版还有一些可以改变的地方，我可以从微信公众号的排版上做起。"

不好意思，1995年的小朋友，我很欣赏你的勇气和想要继续学习的心，但是一方面，我还没有品牌，拿什么来做运营？不要告诉我，品牌都是运营出来的，这个不能说服我；另一方面是我问你的三个问题，都是出于我的好奇，但是我得到的答案，说实话是失望的。

尤其是后面两个点，我最大的特点是努力，并且很文艺？现在有多少人活得比我励志、努力，这能够成为我脱颖而出的一个标签吗？再说文艺，如果你认为我是一个文艺的人，那我觉得自己活得很失败。请你翻阅我所有的文章，告诉我：我哪里文艺了？说实话，还不如说我是"错别字最多的作者"来得让人印象深刻。

你为我做运营，想要从排版上练手，无可厚非，开始嘛，可是如果你最想为我运营的是排版，我真的不敢接受。请你运营我的核心能力或者说核心竞争力好吗？一个排版low到不能再low，也能成为一个点，可是如果我没有核心竞争力，排版再好，谁看？

不骗你，我周围几个做公众号、广告接到手软的人，基本都是在广告公司工作至少五年以上，其中不乏奥美这样的公关公司。你1995年的，千万不要觉得学了几次运营的课程就真的懂运营了，相反，如果没有基础，那些课程还有可能把你带偏，让你以为那些才是重点。如果真的想要懂运营，就去大的广告公司实习，慢慢地一点一点积累销售、广告、公关方面的知识，把自己当作一个试验品，试着去运营一下。

如同很多人告诉过我，做电视节目不需要学习理论知识，实操足够多、足够熟练就可以，甚至我的上一个制片人也是这样亲口告诉我的。但我不听，到现在我的床头还有两本快翻烂的书：《视听语言》和《视听语言拉片实训教材》。别信那些有的没的捷径，只相信自己的内心，做什么东西，能让你觉得有底气站在同行业的顶尖人面前，而不觉得自卑和缺少什么，那就做它。

你只需要去做，不要担心别人看不到

工作的第一天，我就发现了我们公司的工作特点，那就是有什么事情都在微信群里说，看到有趣的新闻要在群里分享，两个人之间的事情也要在十几个人的群里讲，哪怕只是做了一点点小事，也要说一下，每天熙熙攘攘，热闹不已。但这和我一贯的作风是不相符的。

刚开始工作时，少不了帮别人的忙，但既然是帮忙，我就不想公之于众，让人知道是我在背后做的。比如帮别人写好宣传稿后，我只会单独发邮件给她，不抄送，也不在群里汇报；很多资料都是我找到的，别人上交，对我的工作很可能只字不提。当我这样做了有一两个星期的时候，我有了一个疑问：领导到底能不能看到我在做事？

我把这个疑问讲给在职场摸爬滚打二十年的朋友，本以为他会告诉我说："你要调整自己的性格，就要张扬，就要展示，这样才会更容易被看到。"朋友对我很熟悉，很清楚我的性格和态度，他眼神坚定地只给我说了一句话："你只需要去做，不要担心别人看不到。"

后来有一天，和制片人一起闲逛，她问我学到了些什么，我把想到的一一列举给她。然后她问了我一个问题："这里面有些东西是在背后帮别人做事学来的吧？"我本能地反驳说没有，她笑着对我说："带领过那么多的团队，如果说有一件事情我还是自信的话，那就是我会注意到每个人所做的事情，不会因为一个人的声音大就觉得他做的事情多。这点辨识度是一个领导的基本素质。"

说实话，她的解释并没有打动我，只是让我确认了"你只要做了，别人都会看到的"这个事实。真正带给我更大触动的是她不经意间提出的那个问题："有些东西，是在背后帮别人做事学来的吧？"我不希望被领导看到是因为我做的事情多，而是通过为别人做事、替别人做事、帮别人做事，自己的能力有了提升，自己收获了更多，从而让领导看到了一个更出色的员工。

被别人看到的途径有很多，我既然自愿放弃把自己高调亮出来的方法，那就得在一个低调的方式上收获更多，实现"双赢"。一方面你帮助了别人，无论别人是否感激；另一方面，你在替人做事的过程中，学到了很可能你好多年都不会涉及的东西。

谁都希望被别人看到，尤其在水深火热的职场中，夸夸其谈的大有人在，可是这些人也往往是外强中干，只做了表面功夫，于自身的成长无益。我始终认为：职场不仅仅是用来挣钱养家糊口的，更重要的它是提升一个人的能力的存在。只要能提升能力的事就积极去做。爸爸在很多年里，经常对我说的一句话就是："这是个好机会，不给钱咱也要好好做。"我们眼睛要盯着更高处，而不只是眼下的这些蝇营狗苟。

我开设了一期十五个人的写作培训课程，短短一个月时间，每个人的成长速度却有非常大的区别。有些人觉得一个月的时间，能改变什么呢？就每次都应付地交上一篇文章，一看就是随便和潦草的，而且一堆借口：有聚会、身体不好、写不出来；而有些基础不好的人，每次都会积极修正错误，甚至会提出能不能多写几篇，没有一个借口。

遇到前者，我除了气愤，也不愿意付出更多精力去指导。你以为我看不到你的投机取巧，但其实，字里行间一清二楚。而对于后者，我会自愿延长辅导的时间，他们从来不说自己多忙还要抽出时间来写文章，也不渲染自己推掉了多少聚会来听课，但我从文章中，就能体会到他们的认真；从他们和我的互动中，我就知道其实他们也推掉了事情。我们都看得到，不必通过你告诉的方式。

昨晚凌晨两点，我和同事下了飞机去公司放东西，遇到湖南卫视当红小鲜肉主持，其间发生的一件事情，让我对他特别有好感。同事扔垃圾时，不小心把垃圾的一部分扔在了垃圾篓外面，同事自己都没注意到，他却默默地走过去，一点点把垃圾捡起来，放进纸篓里。偶像气质十足的他，在深夜的办公室里的这个举动，根本不可能是做给别人看的；而且这也不是他必须做的，因为每天早上阿姨都会在上班前打扫干净。如果不是我偶然抬头看到，或许永远不会有人知道他的这个举动。可是，我就是看到了，也许冥冥中注定总得有一个人看到有价值的事情，就算不是我，也有可能是我那位同事，因为它值得。

今天去公司，我把这件事情告诉同事们，同事们都感叹自己曾经也看到他的其他小细节行为,比如当发现送给嘉宾的礼物不够时,他总是找借口匆忙离开,把自己的那一份留给别人;比如有一次临时找他做替补主持,他准时到现场,后来从别人口中才知道,天气原因,他竟然坐了九个小时的火车,还坐了三个小时的汽车。他从来不说,只是低头去做,可我们都看到了,都愿意在有好机会的时候,第一时间想到他。

投机取巧都是暂时的,踏踏实实做事永远是王道。你只需要好好做,剩下的无须交给命运,只需要交给时间。

你要有能力让你所做的事情成就你

2016年下半年，我忙得活成了好几个人，二十几年里从来没有过这种状态。朋友六月份约的酒，到年底还没有喝上；上海的朋友为了见我，愣是趁着我去北京出差，在北京组了个局；微信上的好友翻了数倍，马上就到顶了；为了写作也不会熬夜的我，忘记有多少天是通宵工作的了。我一直不知道这种状态意味着什么，直到有一天，我窝在家里看电视，天津卫视的一个烂大街的广告，让我一瞬间找到了答案。

那是一个卖汽车消费品的广告，凡是能够用在汽车上的所有东西，他们都生产，广告词就是直接生硬地吹嘘，以拉人办店为赚钱手段。若是在以前，看到这种广告，我肯定立刻换台，但这一次，我就跟着广告的镜头，一个画面一个画面地去思考它在说些什么。

它说到汽车轮胎修理器,我就回想我在高架上遇到过的一次汽车轮胎爆破;它讲到汽车里面的挂件装饰,我就想到我家买车时,爸爸第一时间买个挂件保平安的心愿;它安排了一个英国帅哥来宣传公司技术,从实际上说,它就是为了展示公司的国际视野,但我没有像之前一样嗤之以鼻,取而代之想到的是上周我和朋友一起聊外国人在上海的生存趋势。

当这个广告播放完毕,我在沙发上猛地坐起来,欣喜若狂。前几天,和一位我很敬重的前辈一起吃饭,她问我:"你觉得你这半年最大的变化是什么?"我不假思索地说:"应该是更'沉'了吧。"她继续追问:"你觉得为什么?"我吐着舌头,向她撒娇,企图蒙混过关,她一眼看穿,眼神凛冽地说:"想好了之后,告诉我。"所以,等那个广告播完,我拿起手机,给她发了四个字——开始打通。几分钟后,她回复我:"想看你三十岁的样子。"

什么是打通?就是认知的脉络舒展,不再是看到一就是一,而是看到一时,看到了一类。看到一就是一,所以会飘;看到一的同时,看到的是一类,就会沉。宋代禅宗大师青原行思提出过广为熟知的参禅的三重境界:看山是山,看山不是山,看山还是山。不敢说自己做到了感同身受,但确定的是之前我在参悟的外面,始终进不去,现在它给我打开了一扇门,我能往里面望一望了。

"打通"不是联想,是连接,是你在由此及彼的时候,能够有着落、有内容,不是空泛地去意识到什么仅此而已。"打通"并不高级,也不神秘,每个人都在说追求更有质量的生活方式,但不是每个人都能找到属于自己的那条成长路径的源头,而打通负责给你一个上升的台阶，让你有路可循。"打通"的快感就如同武侠小说中的打通任督二脉，任督二脉通，则八脉通，全身循环，给自己换一次血。

人不能只在实际层面上用功，别忘了，你还有一个精神世界，那里才是你的中枢，你要像建造房子一样去建造它，每隔一段时间去增砖添瓦，事半功倍。"开始打通"是什么感觉呢？是你看《锦绣未央》，也会在心里画个局，放置一些棋子，胸中有个路数，然后和剧中的人物一起走，看谁走得更像样子；是你看《抓紧我，放弃我》时，人家看爱情，你看游戏和人性，玩个过家家、跳格子的游戏，无分胜负，为的是找回那个还留有童真的自己。

忙活了大半年，有人会去看银行卡里的数额，有人会去看飞机的里程数，而我就享受着这四个字，心满意足地往前走。可是这四个字的背后是一幅蓑衣版的"清明上河图"，依次展开，你看到她：想给道具贴一个好看的标签，跑了四家超市，买来了不同颜色、形状的标签，一一去试，而它可能有一秒的镜头，也可能一秒都不会有；加班到深夜，去24小时便利店，找没有添加剂的食品，几乎摸遍了整个便利店的食物种类，也不过找到三个；安排过几千人的接车时间，沟通过几千份的盒饭，关注工作中遇到之人的衣服，颜色、条纹和厚薄，事无巨细到有一天跟人说：来，我看看你这个小推车是什么材质的？天知道，我前二十几年，碰都没碰过小推车。

你在做什么不重要，重要的是迈过"术"的层面，去"道"那里走一走，回头再看：呀，原来是这样啊。这样，才算真的做了些什么。

勤奋是有坡度的

某个周末，我和制片人一起约好写提案。三万字的量，我六千，她一万，剩下的由其他同事来分担。周天下午，她突然在群里发了张截图：她写到一万七了。我低头看了一下我的字数——两千字左右。

朋友和我聊天时说起她每天早上六点半会准时到达健身房，我脱口而出："那么早，健身房也没人，没劲。"她摸摸我的头说："一看就是刚来上海，我每天到健身房时，几乎全部满员。"我很好奇到底是些什么人这么虐自己，这么有时间？全职妈妈、特别肥胖的人？她瞥了我一眼说："年轻的创业ＣＥＯ和外国年轻人各占一半，其他的都是高级白领。"

在一次线上分享时，我提到作家筱懿姐每天早上 4:30 起床写作的事情，转眼间，她已经坚持两年多。我说完之后，他们让我再去问一下，她每天几点睡觉，筱懿姐说："十点半就上床了，不然做什么事情也没精神了。"仔细算下来，最多也就六个小时的睡眠时间。而我一旦超过零点睡觉，第二天就得好好照顾一下自己——故意拖到八点或者九点才起床。

这让我想起了"童话大王"郑渊洁，每天早上也是 4:30 起床，坚持了三十年。他千叮咛万嘱咐说："年轻人，一定要在三十五岁前，实现财务自由。所谓的财务自由就是你几年不工作，这些钱依旧可以维持你正常的生活水平。"可是，财务自由多么让人艳羡，三十年的坚持就有多么苦。他从一贫如洗的状态到把儿子培养成ＣＥＯ都是用"一个人写一本杂志"换来的。

我们普通人的目标也不过是混成中产阶层，虽然这个阶层很脆弱，可是想要达到，尤其在一线城市，必须一二十年如一日地努力，松懈不得。来上海后，我告诉自己忘记之前的种种成绩也好，优势也罢，从零开始闯荡出想要的生活。所以每天晚上我会上两个小时的课，周末最多和朋友吃顿饭就匆匆回来准备每周的线上讲座，处理没完成的工作，完成约稿和自己的写作任务。

可是，时间依旧不够用。你觉得自己够勤奋了，可是一和别人比较，就恨不得掐自己的大腿。或许有人会问："为什么要这样要求自己？难道只是为了收入？"并不是，还有一种价值感的满足。你想要学习和追求的东西太多，在效率稳定的前提下，我们只能用少睡一点、少玩一会儿来"延长"时间的长度。

勤奋也是有坡度的。我在很多人眼里已经算是勤奋的了，至少从来没有荒废时间的感觉。就拿入职两个月来说，我已经把国内所能找到的电视节目全找来看了一两期，了解它们的结构和形态；十二点前没有睡过觉，每天到公司也能做到差不多最早；在正常的工作之外，写作素材积累了有半个笔记本的厚度了。

但我看到的是更高的所在。所以我计划着以后每天晚一个小时离开公司，在机房里调素材、做练习；计划着每周至少认识五个不同行业的新朋友，不仅为工作，也为更大的视野；计划着当写作时间被无限挤压的时候，还能在碎片时间内完成一篇篇文章。比如此刻，同事都在午休，我一个人坐在阳台上，写下了这些文字，你看，也就写完了，并没有什么负担，也不觉缺少什么。

在我的观念里，成功的法则、机遇、基础等因素都不重要，我是勤奋至上的信仰者。在我的视野所及，我所看到的成功之人，唯一的共性就只有勤奋，也是唯一我们可以训练的地方。相信我，勤奋足够你到达想要的高度。

这几天王健林刷爆了朋友圈，你看到了他一个亿"小目标"的霸气，你羡慕他是首富，又藏有那么多珍宝，可是，我只看到他每天七点就到公司，曾被评为"中国最勤奋的企业家"。

和蓑依聊聊天 3

——人的精力是有限的

蓑依你好，我是一个很容易惆怅和纠结的人，这一年以来更甚。自从大学毕业就陷入了各种焦虑。谁都有梦想，我也有。我畅想过能成为一个作家，哪怕网络写手，之前在网络上发过文，可生活的现实和父母让我不敢这样选择，大概我自己也真的没这个勇气。

所以现在只能退而求其次，抽空完成自己的梦想。父母自然都希望能有稳定工作（例如公务员、国企正式工），我也一直在考公务员，但是成绩十分不理想，可能我本身学习能力一般吧。

现在我只能先随意找一份工作干着，边工作边考公务员，可我又不愿放弃自己的写作梦，这么多件事同时压过来，每当想到这里，就感觉疲惫，怕自己精力跟不上，会想到很多，整个人就会低落，感觉又陷入了一段死循环的迷茫、纠结和痛苦中。我想我可能是还没找到一个自我的准确定位吧，不知道自己究竟想要什么，没有那么强大的勇气去追寻，畏首畏尾。

襄依的回复：

因为是我的读者，想必对我的故事还算是熟悉的。虽然我不是一个很有名气的作家，但也出过几本书，算得上是一个作者。按照常理来说，你好好地写作，本本分分地去做一个作家不好吗？在我年少轻狂的时候，会回答：不好。我还有那么多的梦想没有实现呢？比如做电视。

成为一名电视人，一直是我的梦想，当我二十六岁研究生毕业的时候，我竟然还和这个梦想没有一点关系，这怎么可以忍呢？于是，在我毕业的时候，我毅然决然地投入了电视行业，从电视小白开始做起，一点一点地学，学着学着，在电视行业我越来越成熟了，但与此同时，有个问题出来了：我的写作能力下降了。

写作是一个需要"手熟"的行业。你需要花很多时间去积累素材，去感受生活，并且保证一定的写作频率。电视是个什么职业呢？一旦开始做节目，就要黑白颠倒，没有周末，基本是24小时在线的状态。所以自从我做了电视之后，尤其在作为电视新手的这段时间，真的没有时间来写作。

有一段时间，我特别怪罪自己，对自己说：你看，人家谁谁谁，比你忙一百倍，人家还能抽出时间来写作，你有什么资格不去写？就是那种"人家比你优秀，还比你努力"的事例。有差不多半年的时间我都在怪罪自己，但是有一天，我突然就释然了，或者说给自己找了一个借口：我没有看到人家的生活，怎么知道人家就是要比我忙一百倍呢？我明确知道的就是，我自己每天被各种工作上的事情所缠绕，根本无法进入写作状态，这是事实，我必须承认，不能因为在和别人的比较中，就否认这是客观情况。

所以到现在为止，我依然不太能协调好工作和写作的关系，除非没有节目做的时候，我可以拿出大部分精力来写作（这本书就是在录节目的间隙写完的），但是进步的一点是，我不再自责了，不再和自己过不去了，我承认我的精力就是有限，只能做自己在某个阶段该做的事情。我"胃口大"，想要的东西多，就要承担这种很可能得到这个，就失去那个的风险。

你看，仅仅是写作和电视这两个东西已经把我折磨得有点疲惫了，更不要说你一直游走于你的梦想——写作，你父母的梦想——考公务员，你的现实——随意找的一份工作，这三种状态了，疲惫和劳累的程度可想而知。而且，最重要的是这三种状态还是分裂的，不都是你自己自愿选择的。我的写作和电视，是我自愿选择的，所以得失成败，我可以全盘接受，在心理上没有太大压力，但是你不一样，你身上背负的，不仅仅是你的现实、梦想，还有你父母的梦想。

你问我，是不是没有找到一个准确的定位。我不想直接回答你，但我想告诉你的是，你的精力是有限的，尤其在能力不足够强大的时候，只能选择一个你认为真正正确而且又适合你自己的事情来做。你要首先承认，并且勇于面对，这三者，你是没有能力和精力协调好的，你必须学会放弃，学会给自己减负。

如果是我的话，我可能会暂时先减掉我的梦想，减掉父母的梦想，脚踏实地地找一份自己喜欢一些还能够胜任的工作，好好干，享受工作带来的满足感，等工作稳定下来做事的效率提高了，我下班回到家里或者周末的时候，再去兼顾一下梦想。

《欢乐颂》的编剧袁子弹，在写《欢乐颂》之前，一直在上海的一家外企广告公司工作，因为喜欢写故事，所以在下班没事的时候就尝试着自己写剧本，有两三年的时间，都是一边上班，一边写剧本。当然，这有个前提就是她的业务能力没有让她耽误过工作。所以，如果工作不是像我们这种连轴转，而是普通的朝九晚五的上班工作，几年之后，完全有时间去做自己想做的事情。

我的阅读课上的学生，大部分人是已经结婚有孩子而且还上班的人，他们每天晚上按照规定的书目阅读、写作，并没有觉得水深火热，所以解决当下这种"死循环"状态的方式就是踏踏实实工作，而不是像你所说的"随意"对待这一份工作，只把它当作一个落脚的地方，等考上公务员赶紧离开。因为这样的结果是工作也做不好，公务员也考不上。

人为什么会累，会疲惫？就是因为自己想要做的事情，远远超出自己应该做的事情。好高骛远地追赶，最伤神、费力。你觉得这是定位的问题，我觉得不是，就是过于相信自己的精力了，无论是焦虑、迷茫、纠结还是痛苦，都是因为没有脚下踩着一块踏实的土地，整个人都是漂浮着的，没有根基。

人变得越来越现实的一个表现就是，开始"认输"了，就像我一样，开始承认自己的精力没有想象的那么充沛，也开始相信有些梦想真的很可能实现不了，所以好好做好当下的事情，也许才会让我们离梦想更近。

| *YAOMO → YONGSU , YAOMO → GUDU* |

第四章

浪漫

YAOMO YONGSU,
YAOMO GUDU

要么庸俗，要么孤独

浪 漫

男朋友是个"情话高手",作为一个以文字为生的人,遇到一个"出口皆情话"的男生,就像历劫一样,只能听任命运的摆布,随他而去。

我们刚认识的时候,他自信地问我:"你是不是觉得再也找不到像我这样可爱的男朋友了?"这么嚣张,我当然要碾压之:"没有啊,应该有很多比你更可爱的,你这不是自信,是对自己的无知。"然后他嬉皮笑脸地说:"那真是抱歉啊,我总是那么无知,可是有一点我很清楚啊,就是我喜欢你。"虽然我心里已经花枝乱颤,但我还是表情严肃地质问他:"你这么信口开河,良心不痛吗?"他不慌不乱,很自然地随口说道:"不痛,因为心在你那边啊。"

他超喜欢看动画片,有一段时间在看《辛普森一家》,有一天,突然就冷不丁地感叹说:"我要是和你结婚的话,我会当侯默(动画片中的角色），哪怕对全世界捣乱，我也会一心只对你好，我真的希望和你结婚的那个人是我。"

春节回家时，我在车上收到他的信息："好好回家过春节啊，可能今年是最后一次一个人回家了。"我的眼泪一下子就下来了，但还是保持自己的"强硬"性格回复他："别昧着良心说话。"他说："如果我骗你的话，明天出门会忘了穿外套，你想想外面多冷啊，冻死我你带谁回家啊。"我"当仁不让"："你不冻死，我也不带你回家。"而他总是不认输："那我带你回家啊，一样的。"

这一两年在职场上风风火火地打拼，我只记得通宵熬夜的酒店灯光，只记得在节目现场想和同事掐架的愤怒，只记得一定要做到团队最好的决心，生生地忘记了，除此之外，还有一个东西叫作：浪漫和温暖，所以我想，遇到他，一定是老天在帮我，它仿佛在说："姑娘，别那么'硬'，软下来，那么多温柔等待你去开启呢。"

但这个接受的过程并没有想象的"一键切换"，我花了很久时间才勉强做到。有一天，我闲着无事，翻看我和他的聊天记录，如上面所示，他总是像个孩子一样直接表达天真的爱意，而我像个成人一样，几乎每一句都在反驳他。这不是两个人长期相处的合适模式，而是我不自觉地把工作中养成的"强硬"带到了感情中，多么可怕，像个老师在训斥学生，又像在辩论，总是逼迫对方立论。也就是看着满屏幕自己的"硬话"时，我才意识到，其实我离"浪漫"和"柔软"已经很久了。

那几天，我恰巧看刘瑜的文章，她说：现在的我们似乎只能通过爱情来理解和感受浪漫了。这又给我一个"当头棒喝"。我刚刚练习从爱情中恢复自己的"浪漫"那一部分官能,可是又被提醒说:如果只通过爱情来理解和感受浪漫,是多么狭窄、多么可笑啊。能怎么办呢?既然上天必须让我接纳"浪漫"这一课,那就开始"修学分"吧。

于是,我变成了一只仓鼠,每天都命令自己载携浪漫的元素当食物。当你真的把心放在这个部分的时候,你会发现一切都生动了。

我有段时间喜欢找看过的电影再看一遍,纯属自娱自乐,但没想到的是奇妙开始了。有一部很普通的成长电影叫《附属美丽》,闲来无事的时候,我会把它当作背景音乐来听。有一天,我突然感受到里面庞大的多米诺骨牌竟然是那么浪漫,一个一个小牌,垒堆成各种各样的形状,在主人公绝望和疗愈的时候,或者挺立,或者如火山般被吞噬,这是我见过的最物质的浪漫啊。可是,我看过那么多遍,直到第五遍,才关注到这一点。

还有那部《疯狂动物城》,它有的绝不仅仅是励志,其实是做梦的浪漫以及关于动物想象的浪漫。之前看它的时候,我又是哭又是笑的,都是从励志的层面上感受的,等过滤掉这层情绪,沉在下面的是,你想要做一个同样的梦,感受那种自由、关于可能性的浪漫。

科学松鼠会有一部作品叫作《冷浪漫》,它会告诉你:动物是如何"坐月子"的;会安慰你说:你迷恋喝酒,不过是人类"偏爱成熟果实"的副产品;会打击你:你那么喜欢绿色这种颜色,其实它不过是植物不愿意吃的东西,绿色光"没有营养",所以我们的世界变成了绿色的世界;会分享给你果实的心声:当你看到绿色的苹果,它其实是在说"别来骚扰我",而红色的苹果正在说"快点带走我吧"。

我很喜欢"冷浪漫"这个词,它提醒我,浪漫不只是热的,还有冷的；不只是感性的，还是理性的；不只是人与人之间的，还是万物之间的。

可是你说感受到浪漫有用吗？貌似有用，在爱情中很有用，能够自如地给对方制造浪漫，的确会使两个人的关系升温，但除此之外，也就没什么了吧。

对，浪漫是无用的，可正是这些无用的东西，让我们丰富，让我们生动，让我们自由。它是心灵的觉知，能拓展你感受的边界，也在消融你的狭隘。

类似于你在街边看到一个五六岁的小姑娘吹泡泡，你不自觉地笑了起来，这个笑容一点用都没有，可是只有你知道，那一刻"痛心"的暖流涌过你的身体，也只有你知道，在你这个年龄，还能下意识地对她笑出来，生活在优待你。

积攒浪漫能量的结果是，有一天，在长安街附近工作结束后，已经是晚上八九点了，疲惫得第一个念头就是要回家躺着，但不知怎的，拒绝了朋友的车，就想一个人在这条街上走走。我刚来北京时，傻头傻脑地说："我这辈子都不去天安门看的，如同我厌烦一切'游客景点'一样。"可是当我稀里糊涂地走在那条街上时，我才发现：北京那么可爱，那么想留在这里，然后给朋友发信息说："改天，我们一起来看升国旗吧。"

浪漫和柔软一起，注入到你的生命中，会把偏执赶得远一点再远一点。因为这，你值得为它修学分，等待一学年结束，幸福地迎接也许永不会到来的那个毕业。

沉 默

对于日本的电影导演,多年过去,我记得最深刻的还是只有两位:

一位是北野武。无关他的暴力美学,就是大片大片的沉默。戴着墨镜直望着一个地方,和别人打斗只看到流血、听到枪声,有人坐在海边却只能听见海,配上久石让的音乐,除了澄明之外,再无其他。

一位是是枝裕和。无关他的日常美学,也是大片大片的沉默。父子两个人在夏日午后坐在床边看太阳,母亲和儿媳站在厨房的水池边一个接一个地洗碗,蝉鸣响彻绿荫满地的台阶上,就连争吵都是你说一句,我不再接下去。

是的,我爱极了这大片大片的沉默。我所有的审美都和沉默有关。从小到大喜欢的男孩子,都是一个样子:不爱说话,酷酷的,哪怕长着一张特别帅气的脸。

初一的一天晚上，吃完晚饭，我回到教室翻开课本，映入眼帘的是一封紫色信封的情书，是一个我怎么也想不到的男孩子写的，在我心中，他是全年级最帅的，但在当时很多人不会同意我的看法——因为没人会注意到他的脸，他太不爱说话了。我永远都会记得收到情书那个心怦怦直跳的瞬间，我青春期全部的温柔好像都在那一刻用尽了。

我给他回了信之后，他的兄弟告诉我：晚上一起骑车回家的时候，本来半个小时的车程，他骑到深夜，一路上说的话比他一年说的话都多。他回信告诉我：回家看电视新闻的时候，都不自觉地笑出了声。

他每次写情书，也是很少的字，有时候又觉得字太少不好，就摘抄一些诗句，到现在我还背得下来他抄写给我的诗。这个沉默少年做过的"最出格"的事情就是在一个春天的晚自习下课后，跟在我的身后陪我回家，十分钟的路程，一句话也不说，就在后面跟着，偶尔走到我的旁边，抬头笑笑。那个晚上，我现在想用千金来换。

我总觉得我对男孩子的所有审美都是基于这个男孩子带给我的。现在的男朋友，也是超级不爱说话，甚至去理发店理发，为了防止理发师和他说话，会在手机上打出"我是聋哑人，你看着理就可以"。我们理想的家庭生活就是弄一个投影，每天晚上想要一起聊天的时候，我开口说一句，他就用手机打一句投在天花板上给我看，哪怕是面对我，他也是能不说就不说。不过这样也有好处就是：两个人永远吵不起架来。

我喜欢的明星也是，对朴树爱到要死，心情不好的时候，就会把他的访谈资料找出来，他不说话的时刻，特别疗愈；每次给别人说我非常喜欢易烊千玺，都会收到不解的表情，似乎在说：像你这种人，怎么会喜欢他？有人说他帅，有人说他酷，我最爱的是他的沉默，他所有的纠结、犹豫和开心，全部在沉默里，我能读懂那无声处的内容。

可是，命运有时候就是很奇妙，我竟然从毕业之后一直在做"语言类"的节目，在全中国找最会说话的人。我看人最重要的标准成了：他能不能持续说。所以有趣的事情发生了，一个审美沉默的人，每天都坐在一个以喜欢说话为选择标准的人面前，从而实现了"生活"和"工作"的完全隔离。很多人羡慕那种工作和生活分得很清的人，在我这里，不是分得很清，两边甚至是敌对。我像一头猎豹，在草原的两端来回奔跑，哪一块领地都想要圈占，不能丢失一分。我本来以为我"伪装"得很好，但是直到有一天，我发现，我还是输了。

我特别喜欢、特别能说话的一个选手在我们的节目中走到了"冠亚军"的争夺战，按说这个时候，应该尊重选手表达喜悦或者紧张的心情，但是因为我太喜欢他，所以在他兴奋地给别人讲述自己的心情时，我走过去，拉回他，并且很严厉地说："你现在不要说话，话说多了只有坏处，没有好处！"他吓得两眼圆睁，为什么一个导演还要管控选手私下里的生活？为什么在一个演说类节目的后台，却不允许选手说话？其实，哪里有什么原因，只不过是我这个任性的导演，在沉默和表达的天平上失重了，自觉偏向于沉默那一端。

我无数次想过为什么我会那么欣赏"沉默"，当然有各种各样的原因，但是最根本的，可能还是在于我内心对节奏的渴望。说话看起来只是口部的表达，其实和内心的紧张程度是分不开的。说话多，内心的节奏快；沉默的话，节奏可能就会慢一点。

而我是一个生活节奏特别快的人，做什么事情都喜欢风风火火，是个急性子，在我的意识深处，我知道自己要慢下来，但有时候未必能做到，长久积攒下来，便形成了一种对慢节奏的渴望，于是借助沉默的表象发泄了出来。

十几年过去了，我对"沉默"的痴迷一如既往，越来越喜欢去看画展，越来越喜欢听慢歌，越来越喜欢呆坐。一个朋友告诉我一个日常休息的方式就是发呆，随时随地，累了的时候，就呆呆地什么也不做，虽然他经常因此被认为有精神障碍，管他呢？自己舒服就够了。

劲　道

很多人会觉得网上的生活与我们自身无关，随便看看而已，不能当真，可巧的是我恰恰是一个在"网上生活"的人，我特别关注的博主就像是我身边的朋友一样，我在意他们吃什么饭、看什么书，和什么样的人谈恋爱，又培养出了怎样的孩子，家长里短、事无巨细地涌入我的生命，我欣然拥抱。为什么？因为现实的生活太贫瘠和狭窄，哪怕你用了很多心思在构建你的朋友圈子上，所得到的收获也远远比不上你在网上这片汪洋大海中自由选择的朋友。而且，我是发自内心地相信我所喜欢的博主，哪怕他们一直在经营的是"人设"，只要这个"人设"对我有益，我也臣服于此。

这样没有任何原因地交付信任之后，我所收获的却是成倍的成长，远超我的想象。

在很多年前,我开始关注一个女画家,每天看她画画、写毛笔字、吃糕点、穿布衣,活脱脱的民国女性风采。后来看她事业渐渐起步,有了自己的工作室,出版了自己的书,也开始去国际上参加一些交流活动,虽然有一些由小众走向大众的不适感,但我还是为她开心。

按说这种女性并不是我会特别喜欢的,我喜欢张扬、风风火火、对自己狠的那一卦,却无来由地特别喜欢这位女性身上的"仕女"风格,这曾经让我大吃一惊。好多年里我都没有找到"为什么喜欢她"的答案,但还是几年如一日地喜欢她,直到最近,她晒出了一张她带着孩子结婚的照片,我才明白一切。

在过去的几年里,她在网上的信息清一色是看书、作画,偶尔在工作室上上课,可是平静的生活之下,涌入的却是情感的暗流。她和第一任丈夫结婚,生了孩子,然后各种原因之下离婚,独自带着孩子生活和拼事业,直到三年之后,遇到现在的丈夫,再次结婚。看到她晒自己的婚纱照的瞬间,我的眼泪就流出来了,是为她高兴,但也为我这么多年无来由的喜欢找到了"来由"而高兴。

是的,我喜欢的女性到最后看一定是有劲道的。她们柔韧而有力量,她们平静而波涛汹涌,她就站在那里,等着你去读,然后把养分输送到你的生命中。

我还喜欢一个女摄影师,每天风风火火地满世界跑,我也是看着她从一个人单拍到成立自己的摄影工作室,然后开了自己的民宿,出版了自己的书,成为"网红"。我"粉"她是她大火之后了,最初的目的是想要看看她身上有什么值得那么多人喜欢,关注久了,慢慢找到了答案:这个姑娘真的是太积极和阳光了,从她的每句话、每件事和每张照片中,都可以看到"青春有张不老的脸"的感觉,带着天生的顽皮和天真,让人嫉妒。

我以为答案到此为止,没有什么出彩的地方,换个说法就是:别人都在写"鸡汤"、看"鸡汤",而她是活成了"鸡汤"的样子。基于这个原因,我还是不太能理解为什么有些人那么痴迷她,不管是什么样的"鸡汤",每天都喝,应该也会厌倦吧。渐渐地,我发现,把她定义为"活着的鸡汤"这件事本身就是对她的侮辱。

在二十出头的时候,就和相恋多年的初恋男友结婚了,然后很快有了宝宝,一切都是童话的样子,但是等到宝宝出生之后,生活的暴风雨席卷而来,孩子被诊断有先天性疾病,并且治疗的过程中因为手术感染,在一岁多的时候就去世了。我很难想象一个二十多岁的姑娘,如何面对失去孩子这件事。但祸不单行,当她深陷失去孩子的悲痛时,她的丈夫出轨被发现,她当即决定离婚,几乎是突然就从"三口一家"回到了"单身生活"。

我们永远没有办法想象这两个打击对于二十几岁的女孩子来说有多么艰难,永远无法体会当她把孩子安葬在帕劳时的心情是如何复杂,但是她用了很短的时间,把自己从这种生活中拔了出来,继续自己热爱的工作,继续自己热爱的生活,然后在三十岁的时候,再次遇到了一个视她如生命的人。

我看过很多人的笑,有的开怀大笑,有的甜蜜害羞地笑,但只有她的笑,笑出了劲道,笑出了持续感。那种笑容背后是无数个深夜的痛哭,是无数个觉得自己撑不下去的时刻,也是无数个觉得今天又是新的一天的勇气。

不得不说，这种有劲道感的女性，于无声处给了我太多的勇气。经常会有朋友或者网友问我一个很相似的问题："我很想谈恋爱，可是我又怕遇到渣男，害怕自己受伤，怎么办？"我通常会回答说："我可帮不了你，因为我是一个不怕受伤的人。"

我是一个在感情上无所畏惧的人。我畏惧过马路，畏惧遇到诈骗，甚至畏惧爬楼梯，唯一一点畏惧也没有的就是和喜欢的人谈恋爱，无论这个人将来会带给我什么。当然有好的感情和糟糕的感情，但是感情就是一个神奇的东西，和"经历"一样，在那个当下，你觉得快乐或者难过，只是一旦走远了，再回头看，就都是财富。

在我的女性审美中，一定会有的一个词就是劲道，就是活出了岁月感，活出了经历感，活出了张弛的层次感。和朋友聊起工作时，他说："三十岁前，没有换过三份工作的人都挺失败的。"而我想说："三十岁之前，没有谈过刻骨铭心或者飞蛾扑火的感情的人，都是失败的。"年轻最大的资本就是勇敢，在性价比最高的时候，你不使用，之后要加倍付费才能得到。

为什么你年纪轻轻就要读那么多书？为什么你觉得真实的生活还不够用，还在给予网上的生活信任？为什么你快三十岁了，还不结婚？为什么你二十岁就要生孩子？为什么你要环游世界？为什么你要换不同的工作？

因为——有劲道的美，历经岁月洗涤之后的那种风采，会让你为生命的伟大而热泪盈眶。

游 戏

周末我和一个朋友去商场吃饭，吃完饭之后，他偷偷告诉我说："我们玩点刺激的，我带你逃一次单，怎么样？"哈哈，当然好，这么好玩的事情当然少不了我。根据他的周密布置，我先走，他来掩护，他给我设计好了"逃走"的路线和具体的接头地点，然后大约两分钟后，我看着他长舒一口气地站在我对面，两个人同时感叹："吓死我了。"

接下来，我马上做的事情就是拉着他去付账，玩归玩，市场规则还是要遵守的。直到这个时候，他才告诉我："早就付过钱了。"但是说实话，这样"皮"一下，是特别开心的，尤其是长大之后，很少有这样的机会做"傻事"，偶尔来一下，简直想对生活唱赞歌。

这样的事情对我来说是"皮一下"，但是对于他来说，是非常日常的。别人都当作工作的事情，他却觉得是玩。有次公司团建，作为领导的他只需要去享受手下人的安排就可以，但他不，哪怕一天要开好多个会，晚上在办公室加班也要设计团建的方案，什么时间做什么游戏，什么地点可以停上一个晚上，他不觉得这是额外增加了负担，而是这样玩，大家会更开心。

他过了三十岁，还是一个"大男孩"。毕业的前三年，在外企做得风风火火的时候，毅然决然地辞职去了做游戏的创业公司，原因是他喜欢玩游戏；在创业公司四年，有了股权后，他又一股脑儿地去餐饮行业做了品牌设计师，原因仅仅是有了孩子，想要给孩子更好的食物。我经常追在他屁股后面问他："你下一步准备跳到什么摸不着的地方去？"他鬼魅一笑："你都知道是摸不着的地方了，我又怎么会知道？"

这样的人生太令人羡慕了，似乎只要他想，做什么事情都可以。我也经常问他："你到底有什么特殊能力？"他每次都很不正经地回答我说："我玩游戏的能力真的不是一般人可以比的。"最开始的时候，我会觉得他是在岔开话题，虽然我知道他玩游戏非常厉害，但这算什么能力啊？后来听多了我才知道，他所说的"游戏"，其实是别太把任何事情看得太严肃。游戏人间、游戏人生的不只有废人，还有一种是聪明人，他就是后者。

后来我看北野武的传记时，看到一个令人捧腹大笑的细节。在他没出名之前，曾经幻想着将来有一天有钱了，一定要买一辆保时捷的跑车，但真功成名就的时候，他发现开保时捷的感觉并不是很好，因为"看不到自己开保时捷的样子"。他接下来做的事情是：他让朋友开，自己打个出租车在后面跟着，对出租车司机说："看，那是我的车。"

每次看这个故事，我都觉得特别有画面感，都特别想笑，真为他拥有保时捷而开心啊。很多想要拥有保时捷的人，在把它开回家的路上，就已经享受过了，就已经知足了，但是北野武不一样，他永远皮一下、永远戏谑一下、永远无厘头一下，在这"一下又一下"之间，他才真正成为那个"无聊的人生，我死也不要"的人。

我总觉得生活中的北野武，和作为演员、导演的北野武不是一个人，他是名副其实的"双面人"，电影中的坚硬、残酷，在生活中化成了小机灵和小聪明累加而成的游戏感。

有一次，他的一个徒弟搬家，北野武问他想要什么乔迁礼物，徒弟一听，特别开心，就说："师父，你送我一台洗衣机吧？"到了搬家那一天，北野武拿着一块搓衣板和洗衣盆就来了。徒弟看到后，有些失落，觉得是被师父开玩笑了，没想到往盆里一看，里面放着一个装着100万日元的信封，信封上写着一句话：快去买洗衣机吧。

我相信北野武在设计这个惊喜的当下肯定是开心的，而这个收到礼物的徒弟，经过这么一番来回，惊喜感也翻倍了。生活有时候就是这样，你把它当作游戏，不抱着输赢的态度，不抱着目的性，就是玩一下、热闹一下，那生活就有趣多了。

我见过很多生活其实很幸福，却感觉特别痛苦的人，无论是还在读书的大学生、刚刚毕业的年轻人，还是孩子已经上幼儿园的父母，有些人甚至过的还是别人艳羡的生活，但他们不快乐、不幸福的原因很多。看到北野武的时候，我突然意识到，是他们对待人生太严肃、太紧张、太愁眉苦脸了。

有句老话讲：除了生死，都是小事儿。这话不假，除了生死的事情不可以游戏之外，其他的事情，都可以抱着"游戏人间"的态度来进行。同样，中国也有句古语"无心插柳柳成荫"，很多生活经验告诉我们：我们越是努力想要做好每件事，往往越是做不好，反而越是没有压力，做得越好。

我们经常在新闻上看到娱乐消息，说有一个知名演员之所以被某知名电影导演相中做主角，是因为有一天，他陪着一个朋友去试镜，朋友非常紧张，没有表现好，导演指着他说"看你不错，要不你也试试"，然后一试，便改变了人生。我不知道这种故事的真假程度，但是前不久在我们办公室发生的一幕很有代表性。

我们一起开会在看"主持人海选"的视频，每个主持人可以先发给我们导演组一个自己表现最好的主持节目的视频，我们凭此判断是否有参加节目的资格。其中一个女主持人发过来的视频是她和一个男主持人在一起说新闻，我们在观看的过程中发现，这个主持人的功力远远不如那个男主持人，所以我们随即做出改变：邀请那位男主持来试试。

很多时候，生活和我们做节目一样，你稍微娱乐一下生活，生活也会让你笑开花。别绷太紧，会断。

差 异

每过几年，都会出现新一轮的"选秀"热潮，之前是"超女""快男"，现在是《明日之子》《偶像练习生》和《创造101》，每年都有成千上万的选手报名，每年也会选拔出十几位新生偶像，但是过上一段时间，哪怕是不到半年的时间再去看，那些脱颖而出、星途越来越旺的，一定是和其他人具有差异化的，有独属于自己的特点和风格。

我记得当时看《明日之子》，在看完几期节目的海选之后，凭借做节目的敏感，大致猜到了哪些人可以走到最后，但还是没有想到毛不易得到了冠军。毛不易在音乐上是天才型的人，但是在外在形象上，相对于其他人来说，比较难塑造，风格也比较固定，从商业化角度上来说，其实是相对吃亏的。但观众就是喜欢他的音乐才华，在无数张"偶像脸孔"中就想要一位自己的师弟、师哥一样的偶像。现在看来，观众投出来的冠军发展得越来越好,那些"偶像脸"反而淹没在人群中。

大火的《创造101》也是。我还记得最早看节目海选的时候,基本上没有记下一个人的名字,长得太一样了,每个人都是"青春少女",然后就想不出其他的标签了。后来,逐渐有几个人的个性出现差异,有的表现得蠢萌,有的是段子手,有的是行走的表情包,有的是嘻哈风女生,因为不同,渐渐被记住。最后,极具特色的王菊火爆网络,如同她自己所说的一样:"喜欢我的人,会特别喜欢;讨厌我的人,会特别讨厌。"我非常欣赏她对自己的这种定位——我根本就没有奢望所有人喜欢我,因为我是特别的。

其实,想想王菊在节目中的人设以及她讲出的刷爆网络的话,真的那么与众不同吗?放在现实生活中,比她酷,比她在这种"黑美"的风格上走得更远的人有很多,但是在同一个竞技舞台上,你甚至不需要做得那么彻底,哪怕表现出一点点和别人差异的地方,就足够让人记住。

我是做电视节目的,每天要做的事情就是和各种各样的选手打交道,即便我们是语言类节目。在有些人看来,可能语言类节目说话好就可以吧,其实,我们最高的标准就是特色,这个人不但要说话好,而且说话要有特色;不仅说话有特色,这个人也要有特点。电视节目就是这样,充分挖掘明星和素人的特点,然后通过编剧的手段放大,以便观众可以接收到。但前提是这个人必须有特点,哪怕是潜在的,一个没有特点的人,无论编剧的水平有多高,都不会塑造出来,即使塑造出来也会崩塌的。

现在很多人说,互联网磨平了差异,每个人仿佛都是网络的奴役,看到别人推荐的网红店都排队去吃；看到别人推荐的好剧，赶紧熬夜去看；每天接收到的都是同样的信息，连自由选择信息内容的权利都被剥夺了。我不赞同，在我看来，互联网没有抹平差异，反而是强化了差异。

无论在抖音，还是在微博，火的大V一定是非常有特色的，尤其是抖音这种平台，基本都是素人在玩，如果能从里面脱颖而出，一定有自己的绝活和特别的地方。观众停留在每个抖音页面的时间不会超过十秒，你必须在这十秒钟里吸引到人，其实就是把差异化集中放出来。

自媒体做公众号也一样。很多人说现在公众号想要做出来越来越难了，这个难点并不在于什么外界的资本因素，也不在于读者的阅读疲劳，我觉得很重要的一个原因是：很难在差异化中，再找到那个独特的点。有特色的公众号才能起来，但随着这两三年来公众号大范围扩张，基本上能想到的特色风格都已经被做出来了，在这种情况下，想要再插入一脚就非常难了。为什么现在的"鸡汤"自媒体没有之前那么火了？就是因为"鸡汤"自媒体写的都差不多，没有明显的差异，读者关注一个和关注十个，没有什么差别的话，那肯定取消九个关注，只留下同类型的一个。

做综艺节目也好，想要在网络上有影响力也好，都缺少不了差异化。这其中暗含了我们每个人的心理需求。就拿我们谈恋爱来说，如果对方和你的性格、爱好或者能力都差不多，几乎是另外一个你，你会喜欢吗？可能会短暂地喜欢一阵，然后就厌倦了，好像左手摸右手一样。但如果对方身上的特质恰恰是你所没有的，甚至是你想要成为、向往的，那这种吸引力会让你着迷。爱情当中最热恋的部分一定是因为不同，彼此吸引和渴望来完成的，"互补"具有天生的吸引力。

差异化说难也难，尤其当想要用它成名或者商业变现的时候，但"差异化"有时候也很简单，只要我们真的用心去了解自己，找到自己的那一点点不同，可以不是很大，不是很亮眼，只要一点点就行，把那一点点做好，差异化马上就出来了。

我认识一位因为生病单腿被截肢的女孩子，和很多这样情况的女孩子一样，她也安装了假肢。但她和别人不一样的是，安装了假肢之后，她不去遮住它，就让它暴露在阳光和空气中，依旧穿漂亮的短裙，跳舞、健身。她和别人的"差异"就是她敢于露出自己的伤疤，然后不顾伤疤，像一个健全的人一样去做所有想做的事情。后来，她渐渐在网络上有了名气，然后投身到更多的公益活动当中。她做的事多么简单，只是不遮掩假肢，就有了后来的一切。

说白了，其实差异化的那一点点，也就是"我之所以是我"的依据。人生而不同，去找到这点不同，然后成为真正的自己。

松　弛

　　某天深夜，我和好友在咖啡馆谈事情，聊到凌晨，等出门的时候，才看到外面下起了大雨。因为我家比较远，朋友就问我说："要不要今晚去我家住？"也许在别人看来这是一个很容易回答的问题：去或者不去，但是当她提出问题的时候，我脑海中蹦出了无数的小人，有的说去吧，雨太大了；有的说不行啊，你还约了明早家附近的健身课；有的说你什么东西都没带，不方便吧……就在我平息脑海中的"小人"时，她的车来了，她硬生生地就把我拉上了车，去了她家。

　　于是，我有了人生中第一次借宿别人家的经历。

　　去她家的路上，我脑海中的"小人"越发活跃：外面的雨这么大，我家的窗户没有关怎么办；明天会不会雨更大，我回不了家啊；要和她睡在一张床上，我能睡着吗……车开了四十分钟，我脑子飞速旋转了四十分钟，累得要命。

也许是因为太困、太累了，等到了她家，我见了床就想往上躺，像没有骨头的行尸走肉一样，听从她的"指令"，机械地完成了洗脸、洗澡、换衣服的过程，还没等她洗漱完，我就已经睡过去了，一觉醒来，已经接近中午。

在我睁开眼睛，看到天亮的一瞬间，我问自己：你昨天想了那么多，做了那么久的思想斗争，为了什么？这不是一件普通得不能再普通的事吗？为什么在你那里，要把这件事情复杂化？

没错，对所有事情，我是一个特别认真的人，换个说法，我是一个特别紧张的人。做事情，我会制订好计划，一旦计划被打乱，我就会更周密地安排；我基本上从来不会迟到，因为我讨厌被人等，且自己要非常赶的状态；就连去麦当劳吃套餐，我都要考虑很久：到底哪种搭配组合更健康？

紧张感，或者想太多，是我二十几年人生的关键词。因为我从小就知道所有的事情都必须靠自己，必须考虑周到，没有人为你填补缺失。因为这个特点，我收获了很多东西，比如很好的考试成绩，比如更快的升职速度，比如很早就让爱好有了变现的能力。这在很多人看来，是非常想要拥有的能力，它会让人觉得你是一个靠谱的人，是一个胸中有沟壑的人。

但只有我自己知道：这样太累了，太紧绷，会让生活失去很多可能性和丰富性。如果这样的特点放在感情当中，更是有百害而无一利。

你考虑得太多，就很难享受恋爱的美好，因为你看到的都是忧患。我定义感情中的自己就是：在恋爱的时候，通常看到对方的缺点，而分手之后，通常记得的只是对方的优点。我多么希望这个顺序颠倒，可是很难做到。因为太爱对方，因为喜欢对方，所以我要看到他的缺点，然后想办法去沟通、处理，以便让我们的感情更持久，殊不知，在这个过程中，两人的感情就消磨掉了。

我是在二十八岁这一年，突然发现自己的"紧绷"的。好在我还是一个执行力不错的人，在好朋友家看到她烧了好吃的粉蒸排骨，我回来就会去超市买来材料做。

在借住她家的那个周末，有朋友约我去海底世界玩。如果放在之前，我肯定嫌远，而且暑假小孩子多，就直接拒绝掉；哪怕去了，我也只会走马观花地看看，赶紧结束。但因为有对"紧绷"的警惕，我决定挑战一下自己，爽快地答应了。

从家里出发到回家，我花了七个多小时的时间，这在之前，我会暗暗叹气，天哪，太浪费时间了！但这次我想的是，你看，这七个小时里面，也没有人找你，没有你，这个世界依然运转得很好。

在海底世界，如果是之前，我肯定随便看看就走掉，但这一次，我就站在玻璃旁边，没有任何杂念地看着水中的鱼、珊瑚，看它们的颜色、形状，看它们游动的样子，看它们呼吸的节奏，像一个仰望天空的孩子一样，仰望着自由。

甚至很多人排队看美人鱼的时候，我也挤在人群里等。我当然知道美人鱼都是假的，而且可能很劣质，但是我想看，我愿意花时间看一次童话，我愿意把自己的心交给童年，我愿意挤在人群中取暖。

"你是可以松弛的啊，只要你愿意。"回家的路上，我对自己说。

后来在工作中，我也不断去克制自己"女汉子""女强人"的那一面，尤其成为一名管理者之后，我之前对自己的要求是：你得考虑更周全，你得更以身作则，你得更严格要求。但现在我不这么想了，就像俗语"棍棒之下出孝子"一样，不不，"紧绷之下不出效率"。我愿意放任更多的自由给团队的人，愿意让自己轻装上阵，愿意偷个小懒。

紧绷的情绪是会传染的，我希望我带给身边人的力量是松弛的。其实，松弛背后是包容、接纳，是和自己的生活状态和解。如果说前二十八年，我需要紧赶慢赶去追逐我想要的东西，那现在，我想对自己说：亲爱的，你有资格松弛一点了，你有资格不那么热烈地奔跑了。当然，这不仅仅是资格，其实是你要有本事松弛啊，能够把松弛活成你引以为傲的东西，以这样的状态迎接任何的人生缝隙，然后就这样度过余生。

秩 序

虽然写作经常被认为是有创意的行业，但是对我个人来说，我觉得自己是一个非常"呆板"的人。

这种"呆板"体现在，如果我和朋友约几点吃饭，我就一定会在那个点之前到；如果我参加一个训练营，我一定要打卡到最后一天；就连称体重这种事情，我必须坚持每天称，这样心里才会舒服，才觉得自己完成了。我不觉得自己是一个有强迫症的人，但是在事情的安排上面，我是非常"强迫"自己的，根据自己的计划，按部就班地完成，不容许出错。后来，当这个特点覆盖我生活的其他部分时，我把它总结为：秩序感。

对，我是特别追求秩序感的人，尤其在工作非常忙的时候，如果一切都能有秩序地进行，我不会觉得疲惫；一旦工作日程失去秩序，被打乱,我就会比平时累很多倍。这个累不是因为工作量增加了,或者工作难度增加了,只是因为我自己的状态被扰乱了。

我并不是一个逻辑性很强的人,但我在做任何事情的时候,都习惯于先列个提纲,列个"首先""其次""最后",列好条理,我才能继续执行。很多朋友看到我的这个习惯之后,会夸赞我说:"你真是一个有条理的人呢。"其实真不是。我只是喜欢把所有事情有计划地安排好,这种规整的秩序,让我快乐。

生活中的这种"秩序强迫",慢慢蔓延,在感情方面,我也是一个特别"秩序"、原则性特别强的人。有一次我的好朋友在网络上被攻击,向我寻求安慰,当我了解完整个事情的来龙去脉之后,我的第一反应是:这个网友说得对啊!然后开导我的朋友,可以吸取人家说的方法,进一步修正自己。朋友大怒:"你是他的朋友,还是我的朋友?我不知道他说得对吗,我只是需要你站在我这边,安慰一下我而已。"

我是永远站在我认为"对"的那一面的,是一个很讲究对错的人。可是生活当中太多事情根本没有对错,你只要换个立场去看,对的也可能是错的,错的也可能是对的。我用了好多年去纠正自己的这种观念,到现在也还没有做到。

比如当一个同事做得不好的时候,我的第一反应仍然是抱着为他好的目的,对他进行批评和建议,一针见血地指出问题,但其实,当你第一反应是批评他,是站在他的对立面时,你说什么他都已经听不进去了。我维护了我内心的"秩序",但可能对别人造成了伤害,所以我也在尽可能地建立新的秩序,虽然很难。

秩序感会提升效率，会提高幸福感，也会因为坚持原则而伤害到他人。我之所以还那么"强硬"地坚持，是为了保护我内心的秩序，为了保护我内心"公平游戏"的精神。

中国有句老话叫"好人有好报"，但现实情况是，好人往往没有好报，反而是很多坏人活得意气风发，所以很多人内心的天平开始摇晃：我应该选择做一个好人呢，还是做一个坏人呢？

比如说医生这个行业，是非常考验医生内心秩序的。在面对病人时，你是选择义无反顾地救死扶伤，还是担心被家属栽赃，然后把家属的意愿放在第一位，把病人的安危放在其次？还是把给你红包的病人安排在前面治疗？

面对生命时，医生几乎每一刻都在面临选择，但是好的医生根本不会看到这些选择的分岔路，因为他们有自己内心的秩序，自己的秩序，远远高于外在的这些社会因素；而有些医生战战兢兢，觉得自己的工作危险、难做，就是因为在社会因素的冲击面前，他们不再关注自己内心的信念，转而去迎合一个又一个不损害自身的因素。殊不知，当你迎合不损害自身的东西时，你已经没有了自己。

这种"公平游戏"，存在于我们生活中的任何角落。在职场上，你选择做一个偷工减料的人，还是在老板看不到、工资没有提高的时候，依然尽全部努力把工作做好？在身边的"富二代"朋友到处炫自己的财富，在好吃懒做的同时依然活得风生水起的时候，你是否还坚信这是一个依靠自身努力还可以开创自己天地的社会？

只要你有自己内心的秩序，有自己真善美的原则，有自我培养起来的"三观",你就会活得特别轻松,会真正做到享受人生。很多人一听到"秩序"这个词,就觉得可怕,觉得像是规则一样限制你的自由,不,正好相反,"秩序"会让你轻松,让你稳定,让你不用像浮萍一样左右摇摆,让你就是你自己。

情　绪

不知道大家有没有这种感觉，就是虽然年龄增大，你会发现，"转折"这个词在你的人生当中出现的频率越来越低。三十岁之前，你的人生会有很多转折：高考、第一份工作、换一座城市、谈恋爱、结婚、生孩子等，这些客观的"人生第一次"扑面而来，所以年轻的生命是鲜活的，是你就算不想改变，客观因素也会让你不得不改变的。

但是当你的生活安定下来之后，如果你不主动寻求改变，"转折"便骤然减少。日复一日地工作，规律地进行一日三餐，连身边的恋人也变成了固定的"老公"。"转折"意味着改变，意味着不一样，很多时候，也意味着自我迭代。"转折"减少，我们靠什么在看似琐碎、重复、乏味的生活中依然生气勃勃地往前奔跑呢？对于我来说，这个问题的答案是——情绪。

是的，越长大，我越珍惜和积攒自己的情绪。

一天晚上，我突然收到合作伙伴的一条信息："亲爱的，明天去和甲方谈判的时候，你尽量不要说话。"我看到这条短信之后，情绪突然上来，直接质问："为什么？"她的回复也很直接："因为你说话比较委婉，不会撂狠话，明天的谈判必须把我们的态度摆出来，所以明天主要由我来说，我一定把话往最狠的方向上说，反正也不打算合作了。"

她说的这些话，给我的第一感觉是失落。原来在别人的印象中，我是一个不会撂狠话的人啊。那天晚上，因为这条信息我失眠了。也许有人觉得别人代替你去谈判，你不用说话，不是很省事儿嘛，但对于我来说，这些都是表层，我需要通过它来看到更深层次的东西——我的沟通技巧有问题。我当然不认为撂狠话是必要的，但我在乎一个人有没有鲜明地表达态度的能力。我一直认为我是非常有态度的，如果别人感受不到，那说明我的表达有问题。

更进一步想，其实，我哪里是不会撂狠话啊。我对我爸妈、对我男朋友都撂过狠话，伤害过他们。多么可笑，对亲近的人特别会撂狠话，而对于一个合作方、对于同事、对于街边的路人，我却不忍心撂狠话，或者撂得不够鲜明。

也就是从那天晚上的信息开始，我在之后的工作中特别注重强化自己的态度表达。之前我的表达是：这个人不太好，你可以先搁置着；现在我的表达是：放弃他吧，别白费工夫。我发现这样的沟通效率反而更高，哪怕就是在恋爱中，也是一样，之前我会习惯于含混地表达，觉得对方可以揣摩出其中的意思，但现在，我会更坦率地表达，不去让他猜，而是直接给。

现在市面上有很多沟通技巧课或者相关的书籍，我从来不会去看，那些方法远没有我看到信息那一刻的"失落"来得有冲击力，来得难过，来得想要去改变。我珍惜这种"失落"的情绪，愿意借由它朝更好的方向更进一步。

同样，前不久的某一天中午，我赶着去上健身课。因为时间安排得有些不合理，所以等我下了地铁，必须以最快的速度往健身房走才可以。之前也有过很多次这种情况，我的做法都是一边看表，一边提高自己的步速，导致的结果就是一路上非常紧张，简直就是分秒必争。但不知道为什么，那一天，我知道时间很紧张了，但我就是不想去看表，就按照自己的节奏，以比较快的速度往前赶，当我赶到健身房门口的时候，才看了一眼时间。

也许在别人看来，这是一个无关痛痒的举动，但是对我来说，值得细细琢磨。我非常好奇，为什么这一次我一路上竟然不看表？我不担心迟到吗？担心啊。如果有手表，我可以合理安排自己的步速，甚至在来不及的时候，可以跑，而这一次，我没有看时间，按照自己最舒服的步速来赶。

这个现象，让我想了很久。后来，我找到的答案是我越来越有定力了，我开始不慌了。

当然，这个转变的完成，和我最近一段时间工作上的训练有很大的关系，我由一名执行者，变成了一名管理者和决策者，有非常多的事情需要我来做决定。当你站在这个位置上的时候，你会知道，没有任何人可以帮你，你做下的决定，后果只能自负。

之前做执行者的时候，我遇到问题会很慌张，出现一点小意外，就觉得应该反馈给自己的上司，但是现在，我就是自己的上司，遇到问题，我没有可以反馈的人，只能自己解决，所以淡定、沉稳很多。

可是这一切的变化，如果没有那次去健身房"不看表"的经历，我是不会察觉到的。我们太习惯于埋头努力了，很少抬起头来看看镜中的自己有了什么样的变化。去健身房的路上，感知到的情绪变化是一个窗口，我借由它，看到了崭新的自己，并且想要把这个方面的自己做得更好。意识到了才会集中精力去做；意识不到，再好的东西，也会流失掉。

很多人都说要克制自己的"情绪"，我却觉得在一个人有分辨力的前提下，要珍惜和珍藏自己的情绪。每个情绪波动，就如同人生的"转折"一样，它看似"润物细无声"，其实有着惊人的后发力量。

珍惜自己"寂寞"的时候，不是孤独，就是"寂寞"，觉得无聊，需要陪伴，那就约朋友去吃喝玩乐，用一些外在的人、事去填充你的生活，很多人会排斥"寂寞"的情绪，认为它低级，我不觉得，甚至当我感受到"寂寞"的时候，我好开心，因为我终于自己破裂了一点，有一个小口可以让生活进来。

珍惜自己"饥渴"的时候，也许那段时间就是想要买很多很多的书放在床边，未必看得完，但都买来，放在那里，书可以常有，但是"饥渴"的感觉太难得。

珍惜自己"痛苦"的时候，回首过去，我几乎所有的成长都来自痛苦的经历，我们当然不必感谢痛苦，但可以运用它，让自己进步得更快一些。你可知道，当你越来越成熟，越来越能抵御风险，越来越坚硬的时候，"痛苦"变得特别可贵。

生命本无大事，可就是这些小事、这些小情绪，伴随我们度过岁月，在无声无息的时间洪流中，变成一个想要的自己。

和蓑依聊聊天 4

——怎样才能拥有有趣的灵魂呢？

蓑依：

你好，我今年二十五岁，可是在这个年龄，面临着工作、感情、生活各方面的问题。

像我姐说的，没钱，没对象，爸妈怎么可能不操心。一个从小不让爸妈操心的孩子，现在却成为爸妈最操心的人。在这个年纪，我还没安排好我的工作规划，没有理想，没有可以坚持的爱好。我该怎么做？

对于工作，我抱着学习、锻炼自己的心态选择了现在靠销售提成吃饭的工作，我待了近一年，依然只能拿到最低的底薪，还在过年应该陪家人的时间里忙得见不到人，因此一直被家人劝着换工作。我自己也在想，我是不是真的不适合这个工作，不适合销售，我是不是应该放弃现在的工作，选一个更适合自己性格的工作？所以我是不是应该认真做好可以做到的事?

对于感情,在即将跨入父母认为该谈婚论嫁的年纪,我依然保持着多年的优良习惯——单身。这让他们担心,他们开始给我安排相亲,但我一再拒绝的态度,让他们很生气。我很想做到和一个各方面合适的相亲对象好好相处,然后结婚生子,好好生活,不让他们操心。可是有的事真的不受自我意志所控制,我真的很难接受和一个刚认识的人谈对象。虽然在开始都说可以先当普通朋友处,但是我们都知道,如果我不开口拒绝,在所有人心中就默认我们在谈对象,包括相亲对象,而我真的无法接受这样的默认。而说当作普通朋友处处,也很难成立,因为从一开始目标就不同。家里人都说我心态不对,我想问一下,对于相亲,我真的心态不对吗,我应该摆正什么样的心态?

最后,都说好看的皮囊千篇一律,有趣的灵魂万里挑一,怎么才能拥有有趣的灵魂呢?

亲爱的二十五岁的姑娘:

你好。收到你的来信的时候,我在想,二十五岁的时候,我在做什么呢?那个时候,我在读硕士,一边被毕业论文设计折磨得头昏脑涨,一边在准备博士研究生的考试。每天早上七点,当舍友们都在睡觉的时候起床,很多时候中午回宿舍午休的时候,舍友还在睡觉,我只能像个小老鼠一样,小心翼翼地爬到自己的床上,定上闹钟,睡一个小时左右,继续去自习室学习。每天宿舍、自习室两点一线的生活,让我觉得人生困顿:我在高考的时候、考研究生的时候,现在考博的时候，相差将近七年，却还在做同样令人作呕的"备考"，仿佛一个怪圈，怎么也走不出来。

当我收到你的来信，我才从那个"每当回宿舍，床帘紧闭，里面漆黑一片"的"噩梦"中苏醒，我也才突然意识到：我的二十五岁，并不是我一直所以为的那样黑白乏味，换个角度去看，那个时候的我，其实是非常幸福的，因为我有一个核心，一个聚焦点，一个称之为"目标"的东西。一个人如果在某个时间段内，有一个"核"，这个人就不会散，就不会东一下、西一下，慌乱得找不到自己。

所以，首先，我想要告诉你的是：你必须很清楚在二十五岁这个点上，你最应该做的事情是什么。要分清主次，然后集中精力把"主"的事情做好，"次"的东西可以放放。如果你觉得二十五岁最主要的事情是找到自己的职业目标，那么就把大部分精力放在工作上；如果这个阶段，你最主要的目标是找一个男朋友，或者结婚，那就把大部分精力放在这一块。你没有能力两方面或者几个方面都处理好，所以集中精力把你认为最重要的做好，其他的事情都连带着好起来了。没有中心，全部一团乱麻，太恐怖了。

其次，对于工作，你说你抱着学习、锻炼自己的心态做了销售工作，一年过去了，拿到的依然只是最低的底薪，你要相信一件事情：如果你真的适合这份工作，不可能一年只拿底薪的，而且还是最低的底薪；而且你自己也说"是不是应该选一个更适合自己性格的工作"和"我是不是应该做好可以做到的事"，综合起来，说明现在这个工作：一、是你没有能力做好或者是你做不到的事情；二、不适合你的性格。当然，你也不要忘记自己的初衷，你是抱着学习、锻炼自己的心态来做的，这一年并没有白过，幸亏你早去尝试了，早知道自己不适合早放弃，不是一件坏事。

然后是关于感情。切记：单身可不是优良的习惯，它只是一种很普通的状态，"优良"不到哪里去。关于相亲的心态问题，我曾经和你走过一样的路。我是在大学的时候，打死都不会去相亲的人，到了现在，有人给我介绍，去啊，去看看，认识一个朋友有什么关系？这并不是我年龄大了，急切地想要找对象，我觉得是心态成熟了。相亲就是认识一个朋友嘛，如果能走到一起去，很好啊；如果不能走到一起，多认识一个人也是很好的事情啊，而且如果是熟悉你的人给你介绍的相亲对象，一定和你在同一个层次上，这个人相对于你来说，不会差到哪里去。

你说"当作普通朋友处处，很难成立"，我觉得是你的心态问题，并不是所有来和你相亲的男士都想和你谈恋爱的，他们同样也在观察你，很多时候，人家看过你的第一面之后，也是只把你当作"普通朋友"来对待的。我不是鼓励相亲，而是认为相亲是一件很普通的事情，没必要妖魔化，它和你通过社交软件、朋友聚会认识一个人一样，只是一种认识人的方式而已。更何况，如果你实在不能接受相亲，那你就主动去认识男生呀，当父母发现你很主动去谈恋爱时，也不会这么过度担心地帮你张罗相亲。

最后，你问我说，怎么才能拥有有趣的灵魂呢？容我卖个关子。我想说，第一：好看的皮囊并不都是千篇一律的，好看的皮囊各有各的好看，而且好看的皮囊并不多，尤其是你越长越大，之前可以靠着年轻，随随便便就青春无敌，等到了一定年龄，你会知道，好看是需要付出特别多的努力的，修炼一张好皮囊，可不只是化个妆、穿件漂亮衣服就可以的。

所以如果还做不到有趣的灵魂，先从皮囊的修炼开始吧。

第二：你可以扫一下你的来信，出现最多的字眼应该就是和"父母"相关的，无论是你说爸妈，还是说家人，几乎每几句话里面，都会有这样一个词汇。也许是我的枉言，我觉得你可能还是一个没有"脱奶"的、没有多少自己主见的二十五岁孩子。

你说自己从小是一个不用让爸妈操心的孩子，现在却成了爸妈最操心的，这很正常，因为在二十岁之前，你都是按照众人的标准在生活，一步步地上学、考学、交朋友。可是到了二十五岁的时候，每个人都开始按照自己的方式生活了，每个人都不一样了，这个时候的你失去了标准和主见，或者说这个时候，你才意识到你是没有主见的，没有了可以参考的标准，所以什么事情都变得一头雾水。

有趣的灵魂很重要的一点是你要有主见，进而有自己的风格。所以，如果还做不到有趣的灵魂，先做到有主见吧，把自己的生活考虑得很清楚，然后放心大胆地去尝试、去执行。

二十五岁，还很年轻，年轻到我还没有从学校毕业。所以一切都来得及，别去想什么有趣的灵魂，当你把自己的生活处理得自己满意的时候，你就是一个有趣的人了。

第五章

YAOMO YONGSU
YAOMO GUDU

做一个高能量值的人

做一个高能量值的人

在健身领域有一个说法,如果你想要减肥,一定要提高基础代谢,只有这样,哪怕你就是躺在床上睡一整天,也比基础代谢低的人工作一整天消耗的能量多,这也可以部分解释为什么有的人怎么吃都吃不胖,而有些人一吃就胖。所谓的基础代谢,就是说你身体的能量值,基础代谢率越高,能量值越大。

但我们把这个概念引入我们的日常生活领域后,"能量值"就可以解释很多东西了。我一位事业非常成功的好朋友过生日,我早上问他:"你今天打算怎么过呀?"他扔给我一个安排表格,基本上每个时间段都安排得满满的,甚至故意把晚上的生日宴安排到九点之后,因为九点之前他要上课,上完课之后才过生日。其实,看到这个表格,我一点也不惊讶,因为我太了解他是如何拼的了,但是他的一句解释让我印象深刻，他说：如果不这样安排，就会不舒服，就会气虚。

这就如同在运动会上，一个在二十秒之内就可以跑完一百米的人，你非让他在三十秒之后赛完，那他能舒服吗？一个高能量值的人，天然快速奔跑，久而久之，就把能量低的人远远甩在身后。

我第一次看到"高能量值"这个词，是在《张艺谋的作业》这本书上，采访者这样定义张艺谋，说"他是一个高能量值的人——精力极度旺盛，自我期许极高，持续压榨自我"，这样的人你别希望他慢下来，他每天只顾着往前奔跑，以至于张艺谋每天只吃一顿饭，还自我解嘲说："现代人都是撑死的，吃那么多饭干什么？"

高能量值的状态，都是我们所渴慕的——每件事情都能高效地完成，有明确的方向，游刃有余地奋斗在奔往梦想的路上。我一个写东西的朋友曾经给我说过一段让我羡慕至极的话，她说：平常每天我都非常努力地工作，在上班时间全神贯注，准时下班，当天的事情当天解决。但是如果有哪一天，我心情不好，不想办公怎么办？那我就会在上班的八个小时里面，一篇接一篇地写文章，甚至有一天一口气写了六篇文章。

羡慕是羡慕，但是想要成为一个高能量值的人，其实是非常难的事情。如同你要提高自己的基础代谢一样，你不仅要进行长期的有氧运动，还要不断通过无氧运动来强化，很多时候，还得配合饮食来调整，需要非常强的行动力和坚持力。

提高自身的能量值也一样，在这之前，你必须见大量非常优秀的人，让你知道世上真的有一批人、有非常大基数的人在这样做，因为在很多人眼里，优秀的人只是很少一部分，可是你再往上看一看，很棒的人是成批成批的，有非常庞大的群体，有时候看不到，只是圈层不到。

同时，必须非常努力地工作，任何高能量的人都有一项个人的工作专长，你要能完全凭借这个技能养活自己。张艺谋在上面那本书里面，也同时提到了一个词叫作"工具化"，所谓的"工具化"就是你得对别人有用，这样会让你觉得在一个社会化的关系中，这是你提高能量值的基础。

当然，还需要你不断学习，永远饥渴，无论对新知识还是旧历史，都保持好奇。可是你会说，如果我能做到这样，我就成功了呀，我还要高能量值干什么呀？这个问题就如同你在减肥的过程中，练好了有氧，学会了无氧，连饮食都摸得透透的时候，你就脱胎换骨地减肥成功了呀。那我们不能反过来说：我当初为什么要练有氧和无氧呀？

因为提高能量值和提高你的身体素质、基础代谢一样，都是一个过程。我见过在二十岁左右就开始往这个方向努力的，两三年之后，已经过得风生水起，拥有自己庞大的事业；也见过四十岁左右依然在这个方向上坚持的人，在已有的功成名就之外，开始开拓不熟悉的领域。

每当遇到这样的人，我都会热血沸腾。我早已不在乎那些所谓的勤奋、努力、奋斗、自律等词汇了，如果现在有一场战役要打，那就是全面提高自己的战斗力，提高自己的能量值，让自己疲惫点高一些，让自己的持续力强一些，而不是今天鸡血足足的，明天就觉得应该放任了，也不是只对自己喜欢的东西付出百倍努力，那些值得你去尝试的，也还是要全力以赴。

愿我们都能有机会见识到更高能量值的状态，然后完成在高处的相逢。

你的朋友圈是有效的吗？

读罗胖的《我懂你的知识焦虑》这本书时，看到他提到一个互联网词汇——"邓巴数字"，是以英国人类学家邓巴的名字命名的，这个词汇的含义大致是：人类智力将允许人类拥有稳定社交网络的人数是 150 左右。

看到这个数字，我心有戚戚。这和我过去一年一直在做的事情有关。去年 6 月份之前的某一天，我刷朋友圈的时候，突然意识到：为什么我几乎所有的朋友都是作家？无论是写小说的、写诗歌的、研究文学的，还是写"鸡汤"的，几乎全部是作家。这个发现，吓我一跳，真的是恐惧，一个人怎么可以生活在朋友全部是同一种职业的社交网络中？

恐惧之后，接下来的问题更加让我措手不及：我该怎样破除这个怪圈，让我朋友圈的职业属性丰富起来呢？总不能拿着我的二维码走到大街上让人家随便扫一扫吧。这个问题之所以棘手，是因为我知道每增加一个新朋友，背后都有着昂贵的社交成本，尤其是要跨行业、跨多种行业。

发现问题是解决问题的第一步，当我意识到在这方面的巨大缺失后，有一段时间，我请朋友吃饭时，都会像只豹子一样，目的性极强地问："你有没有其他行业的朋友一起叫上？"弄得对方一头雾水，以为我想求职。甚至有一次，浙大毕业的好朋友说有一位日语老师特别好，喜欢和人分享，又有趣，可以介绍我认识，于是，我每到周末就给她发信息，让她带我去见面，把她烦到不行的时候，开了三个小时的车，愣是让我有机会和先生聊了一个下午，不忘加一下微信。

那两个月的时间，我一边有心地去拓展自己的朋友领域，一边深陷痛苦之中，因为我本身不是一个特别喜欢和别人聊天的人，尤其在这个拓展的过程中，还会遇到自己不喜欢的人，如同相亲一样，聊上一次，未必你就真的愿意保持联系。那个时候，我不断思考两个问题：一、交朋友带给你的能量重要，还是你自己的面子重要？二、如果现在朋友介绍给你的朋友都是你不太喜欢的，或者不是你想要的，是不是就意味着你之前所交的朋友并不了解你，或者说只是待在你的"朋友通讯录"里面，但并不是真的朋友？

当把这两个问题想清楚之后，我的心态就会平静一些。很多人会说：这样交朋友是不是太功利了？我的看法是：怎么交上这个朋友的并不重要，重要的是如何对待这个朋友，如何在漫长的岁月里和他相处。你在旅游时偶然交上的朋友，并不一定比你大学的同学不靠谱，如同你用五六年的时间苦心经营的恋情,未必就比得上一见钟情带来的火花。

心态平静,节奏放慢之后,我给自己制订了一个三年计划:只要在三年的时间内,我的朋友圈里面能够拥有120位不同领域的优质人士即可。也就是说每年要认识40位不同领域的朋友,也就是说每月要认识3位左右。这依然很难,但是必须有意识地去做,顺其自然,带来的一定是低效率。

现在半年过去了,我的这项计划进度远远超前了,拜我的工作所赐,我做每一期节目都要和无数领域的年轻人打交道。印象深刻的是我独立做第一期节目的时候,为了遴选出六位不同领域的青年代表,我生生找了三十多个领域的年轻人,到现在,我的朋友圈里有做地沟油回收的、有做有机农业的、有带女儿环游世界的、有做民间火箭的、有做广场舞培训的、有战地记者、有在白宫工作过的……每天打开朋友圈,我都像是进入"人间马戏团",五颜六色、精彩纷呈。

当然,我也知道这还是"初级阶段",现在只注重行业属性的丰富,却还没有进一步的遴选,找出那些真正有能量,能够激发我的思维和创造性的人。这个过程肯定没有终止的时候,随着自己阅历的增长,对人的判断也会有相应的变化。

进行"遴选",并不意味着剩下的人就不重要了,他们依然是我的朋友,是我愿意花费心力去沟通和交流的人,只不过我心里会有一定的判断,不是亲疏,如果"朋友"是有功能的,那分工会有侧重而已,重要性还是等同的。

我曾经遇到一位业内很厉害的微商,他让我看他的微信通讯录,已经满满的5000人了，他很自豪地说他还有两个其他的微信号，然后我问他："都是些什么人？"他蛮惊讶地回答："还用问？都是微商呀，哪个行业的微商都有。"他骄傲于"哪个行业的"都有，我不敢苟同，无论多少个行业，也还都只是"微商"这一行而已。

看到"150"这个数字，可能有人会觉得太少了，很多公司一个部门的人数也远远超过这个数，我却认为这个数字还是有点多，毕竟，150个人，如果你把它分布在不同领域的话，就是150个领域，真的太丰富了，太让人目不暇接。

我们终其一生，熟悉三到四个领域就已经了不得了。不过都是过程，这些路得一步步走，才能得其精髓。

你是否也被伪命题弄得焦虑不已

我一个长得非常漂亮、做活动主持的朋友，去年考了杭州市的教师编制，成为一名小学老师。这一度让我很不理解，这么时尚、有灵气的姑娘做主持人太适合不过了，我怎么也不会想到她竟然愿意做朝九晚五的老师。直到今年，我登录"映客直播"，看到热门推荐里有她时，突然就会心一笑——她通过视频直播的形式给小学生讲课文，讲童话，短短的时间内就成为排名很靠前的网红。

我把截图发给她，然后插科打诨地问了她一句话："你说，你的主业是播主，还是老师啊？"她坏笑着说："像咱们这种关系，肯定会撂实话了，我还真的是奔着教育界网红的方向来的。"

瞬间，我对她的好感值翻倍增长。这是一个有清晰目标的人，无论九曲十八弯，还是山重水复疑无路，她都会蹚出一条道来，并且蹚得风生水起。

前段时间，我和几位朋友写过一篇同题文章，叫作《与其做斜杠青年，不如专心做好一件事》，说实话，我一直认为"斜杠青年"就是个伪命题，是一群年轻人自己折腾出来的一个取向。你见过哪位跨界的成功人士自我标榜是"斜杠青年"的？在说你"斜杠"的同时，也意味着你很有可能在很多事情上都不专业。

比如我上面提到的这位朋友，如果你认为她是斜杠青年，一边做着老师，一边做网红，主业是老师，副业是直播播主，那就说明你对一个人的判断还有误差。她最突出的品质，其实是专注，专注于自己的主持、说话事业，无论是她今天在教育领域，明天在饮食领域，后天在旅游领域，都不过是她把自己核心的主持技能放在了不同的情境中而已。

之前也有人对我的评价是斜杠青年，甚至在出版新书时，出版机构也给过我这样的标签。但只有我自己知道，做话剧编剧也好，做电视也好，核心的点都是写作带给我的那些技能，只不过大家常常认为写作只和出版相关而已，其实，写作的面辐射得特别广。

所谓的"内行看门道，外行看热闹"，我认为是对斜杠青年的一种贴切表达。很多人都看到他们的热闹，这里学一下，那边忙一下，但倘若你只被这种热闹吸引，不但自己会疲惫不堪，而且进步、成长的可能性也会很小，所以你足够认真的话，记得看门道。

在我们的成长过程中，有无数的"伪命题"，"斜杠青年"只是其一，比如说还有"时间管理"。

我在无数的场合被问过:"你有什么时间管理的方式吗?"我每次都说"真没有",有的人还评价我不真诚。是真的没有,按部就班地把自己要做的事情按照重要性排列一下,一件件地完成就好了,完不成即便不睡觉,也不要拖到第二天,这就是我的方式。可它是时间管理吗?它难道不是常识吗?一点也用不到管理学的基本理念。

每当看到很多人花费很多精力去学习如何规划时间,甚至是去上相关课程的时候,我都会想起星姐说过的一句话:"当同龄人已经年入百万的时候,你还在琢磨如何早起?如果一个人连如何早起都要制订出一个方案来,或者成立一个小组,我不知道等你完成这个'系统工程'后,还能不能赶上别人一点点。"

还有一个在我看来是"伪命题"的东西,叫作"整理术"。"整理术"和"断舍离"还有些区别,"断舍离"如果你从内心清理的层面上去体会它的内涵,还有可取之处,说白了就是不要贪多。而"整理术",即便是从精神层面上去诠释,还是属于技术层面的东西。

我有一个做全职妈妈的朋友花了几千块钱去学习"整理术",我问她有什么收获,她说:"这个学习过程是很艰难的,以至于我花了一年多的时间才把我家里整理好,才能做到物归其位,才能做到有规则地经营家里的日常生活。"我听得一头雾水,什么?这不就是做家务吗?

"整理术"是从日本流行起来的,日本人做什么事情都会上升到"道"的层面,喝茶有茶道,插花有花道,做家务上升到"整理术"或者"断舍离"。可是如同喝茶一样,看国内很多茶馆的茶道只是徒有其表,做做样子,做茶的人心里没有道,喝茶的也不想吸收道,于是，表演一下，其乐融融。

  我说了这么多，肯定会有冒犯之处，尤其对于那些以"斜杠青年""时间管理""整理术"为业的人，隔行如隔山，术业有专攻，也许人家真是作为一门学问而存在的。只是我从来都是一个对流行词汇持谨慎态度的人，甚至会极端地相信：太阳底下无新鲜事。

  所谓的"新鲜事"只是换了个包装而已，换汤不换药，所以千万别被这些所谓的流行趋势、新的学习方法所羁绊和拖累。祖祖辈辈告诉我们的那些"土掉渣"的道理，学会一二，就足够用了，比如专注，比如勤奋，比如坚持，比如别投机取巧。

世人浮躁，你不浮躁，就是成功

做自媒体的朋友在朋友圈感叹：越是戾气重的文章，传播得越广。作为一名写作者，我对这种现象深有感触，甚至身边熟识的朋友都在"制造"这种类型的文章。有天，好友问我："你为什么不迎头而上，也写几篇呢？你看，最近你都不红了呢。"我笑得前仰后合，问她："什么？我曾经红过？"说句实在话，我不允许自己参与任何潮流，原因很简单，我是计划写一辈子的，所以不会去想最近哪种文章比较火，什么类型的文章更受欢迎之类的，能让我比较的，只有昨天或者去年自己写的文章而已。

戾气重，很大一个原因就是浮躁。整个社会浮躁，很多人也很浮躁，所以很容易找到"燃"点，稍微煽动一下就可以形成气候，于是，"low货""贱人"等词汇盛行，打开朋友圈，清一色这种标题的文章。

现代生活很累，房价、婚姻和工作总有一样不能让人感觉到恰到好处的幸福。

面对这些压力，人一般会有两种出路：一是发泄，尤其在网络上发泄，没有成本、不用负责任且酣畅淋漓，除了兴奋一时，后续的坏情绪会越发膨胀，治标不治本；另一种就是消化、自我疗愈，通过阅读、运动、谈心、旅行，来和自我对话，逐渐摸索生活和生命的真相，这种方式如同玩游戏，攻克一关后还会有另一个关卡等着你，可你是往前走的，不像发泄，在同一个点静止地发酵。

世人浮躁，你不浮躁，你能够做到安静地做自己想做的事情，就是成功。在最近几年的作家富豪榜上，唐家三少和郑渊洁都名列前茅，他们两个都有一个共同点就是踏踏实实地做自己的事情。郑渊洁一个人写了三十年的《童话大王》杂志，每天早上四点半准时起床，写到六点半，几十年没有间断，无论是在国内还是去国外；而唐家三少每天更新六七千字，据他说，十二年没有间断过一天。

这已经不单单是勤奋了，而是和一个人的人生态度有关。几十年如一日地做同一件事，对于一般人而言也会觉得很枯燥，而他们已经那么有名了，去做些省事、光鲜闪耀的事情就好了，为什么还要这么拼呢？无数"聪明"的人想要投机取巧，瞧不起下慢功夫的人，认为他们只能获"小利"，不可能走上人生巅峰，但是你看，最后在财富榜上稳居前列的，不还是这些不动声色、"不识时务"、蜗牛一般慢慢往上爬的人吗？

不浮躁，有时就是不被人带着走。既不让别人的情绪影响到自己，也不用别人的标准来要求自己。很多人认为这是非常难做到的，但它难就难在"自己没有标准、没有方向、没有定力",我们需要花时间的是自己的心灵建设,而不是去亲近他人的判断。

这依然是一个"心态决定一切"的时代。你采用什么样的方式过活,生活也会以同样的姿态回报你。二十几岁是人生的重要"建设期",你得一砖一瓦地让自己树立起来。地基还没建成,就已经在筹划房型的事情了,不仅可笑,更重要的是地基都没打好,错过了时机,就再也打不好了。

我知道大家都爱听"牛气哄哄",可是我更喜欢"火力全开",前者关于结果,后者是起点和过程,你得有火力,你得不顾一切,你得用在自己身上。

在浮躁的世界里,人们把指向速成的东西称之为褒义的"干货",把人生中某些实实在在的经验称之为贬义的"鸡汤",可只有当心非常安静时,你才了然,能对你起作用的究竟是什么。

别跟自己较劲

前几天晚上,我收到了一位复读之后今年要高考的学生的信息,他说:"蓑依姐,我一直不敢告诉你,今年我没有参加高考。"看到这条信息的时候,我本来在开一个很重要的会,但扫到这条信息时,我随即就开了小差,因为在我常规的观念中,我认为这件事太重大了,怎么可以不参加高考呢?而且你还是复读,更不应该放弃呀。但是我告诉自己,冷静下来,先做点其他事,五分钟之后再回复。

五分钟之后,我给他的回复信息是:"没什么大不了的,做自己想做的事情,并为此负责就好。"这一句"没什么大不了"应该是这两三年的时间里,我学习到的最重要的东西。

学习这个可以称之为信仰的人生态度的契机是两年前,和一位我非常信赖的长辈聊天,关于我弟弟的事情,我愁眉苦脸、急不可耐、咬牙切齿地说:"怎么办啊?到了大学他却还在叛逆期,不断制造各种需要父母'擦屁股'的事端,这样的孩子怎么能成长得很好?而且我不想等他大学毕业的时候,在一座小城市找一份很一般的工作。"长辈没有安慰我一句话,只是说了一句:"没什么大不了的。"

我当时很不能理解,觉得长辈就是随便敷衍我,根本没有放在心上。但是后来,我在越来越多的人口中听到这句"没什么大不了的",就开始认真考虑这种生活态度或者说生活观念是不是适用的。我们老家有一句俗话是"天塌下来,有地顶着",我听了二十多年,都不以为然,忽然有一天就想通了;忽然有一天,这句话就真的住进了我的心里。

现在两年过去,事实证明我所有的担心都是多余的。弟弟成长得很好,今年大学毕业,哪怕他就是找一份普通的工作,我也相信他能做好。事实也证明,那些无数你曾经以为严重到活不下去的时刻,过几年再看,一笑了之。

我给这位男孩子发过信息之后,他给我的回复,和我当年的态度一样:"蓑依姐,我会好好考虑,但请你不要说'没什么大不了'。"我想他肯定觉得我没有体谅他的艰难,说得太轻而易举,但恰恰相反,我是因为太体谅,所以才能面对一个很敏感的人说出这句话。

不参加高考的人生,会怎么样?我不知道,但是在我心里,它也就是一个改变命运的机会而已。我从小到大的职业梦想就是当一名大学老师,我也不知道这个梦想怎么产生的,但是很偏执地认为这就是我未来要走的唯一的职业道路。

为了这个目标，我奋力拼杀，考上大学；为了这个目标，我考了两年研究生，最后接受了落差很大的调剂；为了这个目标，我在研究生最后一年，没日没夜复习考博。一系列努力的结果是——没有考上。所以在这个意义上来说，我考博失败比你没有通过高考改变命运还要不能接受，因为我为这个目标奋斗的时间更长、更辛苦，目标更清晰、更唯一。在我得知考博失败的那一刻，我也觉得天要塌了，因为这意味着大学老师这条路自此中断，可是我不能接受其他职业，大学老师是我从小到大的职业梦想啊！

可是现在呢，如果给我一个大学老师的职位去做，我可能还要犹豫很久。考不上博士，没什么大不了，你再从事其他的行业，反正都是从新手开始；没有参加高考，没什么大不了，开始工作，积攒经验，这条路一样走得通。

怕就怕事实是"没什么大不了"，你却认为那是一个压得你喘不过气来的事情。中国人对高考太渲染了，每个人对此战战兢兢，可是它也只是万千选择当中的一个而已。

我在今年高考前发了一条微博：

对于高考，我没有任何的遗憾，虽然去的是一所普通的大学。现在研究生毕业，也从不觉得高考和考研多么重要，多么改变命运。平平常常度过这几天，没什么特别，以后你的人生会遇到无数比高考还重要的节点，在每个节点做出越来越好的选择，越来越自由，才是理想人生。

很多人可能会觉得我站着说话不腰疼,而我把这称之为"经验"。我能接受你在失败的当下,觉得人生没有了光亮,但我也想要通过我的经验告诉你:在这条路上失败,并不是死路一条,还有很多路可以去走,只不过那条路人少而已,但即便人少,也有人蹚过来了。

这不是我对这位高考学生一个人说的话,而是对千千万万觉得"这个坎儿,我过不去"的人说的。也许是你失去了一个非常非常爱的恋人,也许是你得了一种没办法根治的难症,也许就是"你被同事陷害,在单位名声不好,却不敢离职,因为担心同行都知道"这类虽小却能伤你很深的日常琐事。

我总觉得成熟的标志是活得越来越敞亮,越来越豁达,从比较"丧气"的角度说,你不豁达、不觉得没什么大不了,你不敞亮,又能怎么样呢?能把不能理解的事情想清楚,不给自己制造心结,就是对自己最好的疼爱。每个人都有自己的活法,你要找到自我疗愈的方式,学习不跟自己较劲。

你以为的情商低，其实是你的控制力差

在职场当中，我最讨厌的就是每天花大部分时间去谈论同事或者领导八卦的人，在我的认知里面，这群人就是情商低的，因为当你在议论别人的时候，其实，你也已经卷入其中，成为"蝴蝶效应"的一部分，看似有旁观者的聪明，也不过是蹚了"当局者"的浑水。

有一次偶然的机会，我和公司里面"八卦排行榜榜首"一起喝酒，在她给我讲了巨多八卦之后，我问了一句："知道这么多事情，而且还一而再再而三地传递出去，不累吗？"她的回答让我大吃一惊，她说："你以为我真的关心这么多有的没的啊，只不过我控制不住自己而已。我也累，但我做不到袖手旁观。"

后来，我在微博上看到一句话，博主说："很多人真的不是情商低，是控制力太差。有些话，他们也知道没人爱听，说出来的瞬间就

会被讨厌，但是憋不住，控制不住不说。"看到这里，我瞬间想起我的"八卦"同事，真的就是憋不住，控制不住，和情商没有关系，很多憋不住的人，情商也很高，也知道怎么做会让人舒服，但就是百爪挠心，必须"释放"。

你身边一定有这样的人：女朋友穿着新裙子来约会，你们当中会有一个姑娘马上站出来说：亲爱的，这条裙子显胖耶，不太适合你；下次一起逛街，这个姑娘又会突然冒出一句：这个破地方有什么好逛的啊，特 low；然后在一起谈论工作时，说出"你们这个行业都快被淘汰了"的，也一定是她。

如果你仔细观察，会发现她可能还作息不规律，控制不住自己的嘴，身材变形，或者刚和渣男分手，又心心念念地想要挽回。情商低可能让你的人生进阶变得艰难，但是控制力差，则会让你的人生一败涂地。

你以为自己就是控制不住自己爱说话而已，殊不知，你控制不住的，其实是你的整个人生，因为控制力是一种需要积攒、训练才能形成的能力。我见过太多控制不住自己的身材，也控制不住自己感情的女孩子；也见过太多控制不住自己的成绩，控制不住自己的职业发展的女孩子。你以为只是在一个方面"憋不住"，其实，你在任何方面都"任自流"。

让我自己真正认识到"自控力差"的，是在减肥这件事上。和很多人一样，每年我都嚷嚷着要减肥，虽然也很努力，但减下来之后，一懒惰又反弹回去了。今年正好时间比较充裕，我终于决定报私教课强制自己减肥，最开始，我蛮开心的，因为不管上课多难、多累，我都能坚持下来，连教练都夸赞我说：自制力很强。但慢慢地，我发现我只是徒有其表而已。

随着训练强度加大，我的胃口也随之打开，我每天面对的最大困难就是吃，训练强度越大，我越想吃垃圾食品，越想吃夜宵，越想吃火锅、冰激凌等高油高热量食品。所以每天晚上从健身房回到家，坐在床上，我都要和自己进行一场"角斗"：要不要吃烧烤，要不要吃鸡排？在最初的很多天里，我都败下阵来，然后在悔恨当中睡去。

当然体重没有减轻，而且吃的比运动前还要多，甚至有一次吃到肠胃不舒服，吃了两三天的胃药。就是那一次少见的胃疼之后，我强制自己一周只能吃一次夜宵，渐渐地改为两周一次、一个月一次。虽然每天晚上临睡前都要和自己的食欲搏斗，但我知道，那是馋，不是饿，即便因为太想吃睡不着，我也要躺着，坚决不能坐起来吃。

这样持续训练的结果，是非常令人惊喜的，在半年前，还穿 M 或者 L 码衣服的我，现在终于可以穿上 S 码了，过去几年买的漂亮但是瘦到穿不下的衣服，现在穿在身上，脚下生风。

但这种身材上的改变并不是最重要的，而是它开始辐射到其他地方。就像我提到的作家姐姐李筱懿，多年来一直保持每天早上 4:30–5:00 起床写作的习惯，创作力非常旺盛。这么多年来，我一直视她为榜样，希望自己也能这样，哪怕不是这么早起，每天七点起床，坚持一整年，应该也可以吧？但很抱歉，我并没有做到。她有自己的公司，还有孩子，而我只是一个单身的上班族，一点外在的负担都没有。

还有我很喜欢的一个男作家张佳玮，在我上大学的时候，他就每天更新博客，到现在，每天都在微信公众号和知乎等平台上更新，有时候一年可以出版七本书，真的是十几年如一日的勤奋。

我当然知道这种差距是源于我的控制力不如他们，但是我不知道如何才能提高控制力，那些关于自控力的书也看了不少，几乎没有任何帮助，时隔这么多年，终于，健身给了我答案。

看起来，健身给我的只是身体自控力的提升，其实，它全面地提高了我在各个层面的自控力。每天玩手机的时间减少了80%，每周都会选择两三天的时间关掉朋友圈；看书和看电影的时间增加了至少40%；这半年写作的数量，至少超过去年一整年；把和不重要的人见面的时间缩短了一半，甚至，我的脾气也改变很多。之前我是一个特性格别急的人，如果我的搭档稍微慢了一点，我会立刻生气，哪怕不发泄出来，但是现在，我会不自觉地控制一下"怒从心中来"的速度。

生活中所有的"所得"，都来源于一个很小的起点。当初我选择健身，只是想要减肥而已，但没想到的是这个过程无比艰难，几乎每分钟都要和自己死扛，只不过要是能扛过去，它回赠的是一个超大的礼物。

有一句很滥俗的话叫作人唯一的敌人就是自己，如果让我说，人如果能够控制住自己，就赢得了这场战役，其他的辅助器械都可以不要。

我熟识的朋友中，分手之后再去找前任，控制不住自己感情的，几乎都是自己的生活也一塌糊涂，哪怕看起来打扮得再光鲜靓丽，她们自己都很清楚，内里一团糟。

控制自己，不要去说不能说的话；控制自己，不要去吃不必需的食物；控制自己，不去爱不必爱的人，对自己的人生有掌控感，才是真正的人生赢家。自控力这件事，很适合那个原则——不因事小而不为。你在一个事情上偷懒和松懈，如同多米诺骨牌一样，倒塌的是你的整个人生。

我对马东的公司"米未"真正开始有好感，不是源于《奇葩说》，也不是姜思达、肖骁这类有趣的人，而是在里面工作的我的好朋友给我讲的一个"笑话"。

她说："亲爱的，我觉得你来我们公司工资得翻倍。因为在我们公司，如果你每个月设定一个减肥的标准，达到了，就会有奖金；如果你在某学习平台上一个月内连续签到学习，就会有奖金。"

这让我哭笑不得：亲爱的，这些是哪怕公司不给你钱，你如果做到也大赚一笔的事情啊。不错，我的好感来源于——一家培养员工自制力的公司，是一家聪明的公司，是一家好公司。

你欠缺的恰恰是功利性的目的

每当别人问我"关于读书,你有什么好的建议吗"时,我都会说一句话:带着功利性去阅读。

别人问起写作的秘诀时,我也少不了一句:要很清楚想要写作带给你什么。

就连朋友带着上小学三年级的孩子去北欧过春节,我都操心地嘱咐一句:让孩子记录下每天发生的事情,不管是用影像还是文字的形式。

总之,我是一个推崇"有用论"的人,做一件事情,我就要赋予这件事以用处,在我这里,"意义"等同于"用处"。

有很多人对我说过,阅读怡情,写作怡心,这就是最大的效用。在我看来,如果一个人没有达到一定的水平和层次,这样来看待阅读和写作就是自欺欺人和自我麻痹。一个没有读过几本书的人,拿本书坐在太阳底下,喝着咖啡陶冶情操,春花秋月,这样一辈子,认知水平也不会有多大提高。

人都有惰性,终其一生也不过是为了生存或者理想,和惰性做斗争。斗争的方式有很多,有效的方式之一就是让事情对你有用,哪怕是给你带来名、带来利,带来好的工作,帮你考上好的大学。

我没有听到过任何一个高中生说:我这么认真学习,是因为我想要学习知识。他们都在说的是想要考上一所好的大学,正是在这种功利性的目的下,在晚上一两点还会打着手电筒在被窝里学习。

很多人推崇"无用论",或者说"好好虚度时光",那是一种生活方式,我理解,却不会这样去做,因为没有资本,也没有能力。在我现在所获不多的时候,我必须让每件事情都有价值,都能为我日后的成长有所助益,否则不做。

我认识的一位姑娘,每年花好几万去学习瑜伽,连续三年了,身材修炼到让人艳羡到不行。前段时间,她告诉我:"新一年,不再报名瑜伽课程了,我计划开始学插花。"我问为什么,她说,"因为学瑜伽学腻了。"我说:"你学上几年插花,也会腻的。"她点点头:"是啊,只能每年学不同的东西,变着法子找乐趣,还能怎么样呢?"

还能怎样?你还能把三年学习瑜伽的经历录成视频,把自己打造成网红,从而有一个副业;可以招收一批人,教她们瑜伽,减肥塑身;可以学习完瑜伽之后,再去学习减肥塑身的其他类型的运动,比如舞蹈,让自己把塑身这件事学透、学深,形成一个系统。

最怕的就是"老鼠打洞"——这个东西学完了，就无用了，再去学习其他东西，而这两个东西之间没有任何关系，前面做的事情，对后面做的事情没有任何帮助。

在电视行业的一位前辈前年辞职，去做电商，很多人都为他感到可惜。这么多年综艺节目积累的经验说放弃就放弃了，多不值得，去做电商，又得从头开始累积。但两年后的前几天，我见到他时，才知道他除了做电商创业之外，现在还投资了一家艺术辅导中心，专门辅导那些准备考影视艺术专业的高考生，里面的大多数老师是他在电视行业的同事、朋友。

很多人并不知道当下在做的事情有什么意义，应该让它发挥到什么程度的价值，这是一种能力，不是投机取巧，也不是只有功利性。功利性是一把双刃剑，用得好，让你的人生如虎添翼，比别人的成长速度快几十倍；用得不好，伤害自己，也伤害别人。但前提是你不能一开始就完全排斥功利性，觉得它一无是处。

和我同龄的丽娜姐，第一次来找我时，是为了让我做路由器的微博推广，直到去年，她自己创业了，我才知道这么多年她做了什么。原来，她把她在做路由器推广时候联系到的媒体、自媒体资源全部收集起来，等到达一定的数量时，她便辞职，创立了营销公司，和很多国际一线的广告公司、艺人公司合作，然后通过自媒体资源一一投放，获得中间的巨额差价。

路由器和一线广告之间差十万八千里，但是她把两者完美地结合在一起，让"路由器"成了她的铺路石，让看似不沾边的东西用处最大化，直接转化成创业的资本。

你所做的事情，不是没有价值，而是你缺少一颗让它有用、有价值的心。有一次写作课结束时，我给每个学员制订了一套未来发展可参考的路径。他们惊呼：原来还可以这样。他们以为自己写的东西还不够好，甚至完全不像样子，怎么可能有利用的价值？但是换一种思路，你就会发现，你还有很多路可以走。不是一个事情你做到最好的时候，它才可以带给你东西，而是每件事情本身就自有价值，都在等待你的发现。

昨天，和一位亲戚吃饭，我随口问了一句他们家读大二的孩子，什么时候去上学。他说初十就去学校，我纳闷为什么开学这么早？他说："不是开学早，而是我要去学校做一套课程，等到开学的时候，辅导那些考试挂科的学生，从中既能赚取上学的费用，还能够把知识温习一遍，记得更牢固，为大三的时候考研做准备。"

你看，随随便便读个大学，上个课，他都能让它为自己所用，更何况，他的成绩可能还不如很多看这篇文章的年轻人好呢。

真正的用心是把什么事情都想在前面

让我万万没想到的是进入新的工作领域后，领导很少在业务能力上批评我，批评最多的竟然是在我的工作态度上。我觉得"委屈"极了，天哪，我是一个多么想要用心做事情的人，平时很认真、很负责啊，怎么可能有领导认为我不用心呢？你批评我什么都可以，你说我不用心，我不服，甚至想把刻着"用心"两个字的心掏出来，让你眼见为实一下。

我们十点上班，我早上八点准时到公司，拿着一个本子认认真真地坐在显示屏前做记录，不敢错过一秒钟。九点四十，主编来审我的片子，她问我的第一句话是："你借用的审片室在哪里？"我完全蒙掉，天哪，需要借用审片室吗？不是所有有显示屏的后期室都可以用吗？我手足无措地快速试了一个又一个机子，发现全部都没有外接？

设备，根本不能用，只能借专门的办公室。

我当然有借口，这是我第一次审片，我不懂流程。可是换个思路：你请领导过来审片子，竟然没有审片子的地方，这是一个多么常识性的错误啊。如同你请客吃饭，竟然没有提前预订酒店、告诉客人酒店位置，这算什么？

这件事情发生之前，我依然觉得自己很用心，你看，我早上八点就来公司了，态度多好。可是，这些都是"伪用心"，都是"态度"而已。真正的用心是你能够解决事情，能够设身处地地为对方着想。如果，我真的把一件事情放在心里，还会这样做吗？

这次回家，因为去高铁站要转车，在我订票的时候，就拿出一张纸了，计划好了几点从家里出发，担心堵车就要留多久的宽裕时间，到了汽车站如何去高铁站等，甚至还想到了好几种方案，万一不行，自驾可不可以？为什么我会想得那么仔细，因为这是我的事情，我打心眼里清楚，这件事必须由我来负责，不然我赶不上车，赶不上车就无法按时回去工作，就要被批评。

借个审片室这么简单的事情我为什么做不到？一目了然，我无意识地觉得这不是我的事情，没有把它当作自己的事情真正放在心上。可事实是这本来就是我自己的事情，没有任何人可以帮我。总而言之，我还是没有把本来属于自己的事情放在心上，这就是所谓的"不用心"。

这件事情过去几天，又遇到一次审片，这次我提早借好了审片室，然后就在里面戴着自己的耳机来回听声音。等主编一到，我用外放设备播放时，突然发现，外放设备的声音特别小，无论怎样调整都不行。于是，又一个新的问题出现——提早借好了审片室，却不知道试用一下音响设备。

　　这次我也是有苦衷的。昨天晚上加班时，我还用了一下音响，没有任何问题，想着大家都下班了，也就不会有人动了，第二天我又是最早来的，想当然地认为肯定不会有任何问题。但事实是，昨晚后期的同事也有加班的，在我走了之后用了这台设备，于是出现了现在的状况。

　　"我想当然地以为没有问题"，可是我来那么早，为什么就不试一下呢？我把这些时间用来戴着自己的耳机反复听声音，为什么就不能拿出一点时间来检查一下音响，检查一下所有的外部设备？

　　这两次审片的时间非常接近，这两个问题的出现，让我很受挫。从小到大没有一个人说过我是一个不用心的人，我也自认为自己的态度够认真。但是直到这两件事情发生，让我觉得"态度"和"用心"真的不是一回事儿。

　　我的态度一直是非常好的，因为是电视领域的新人，所以在同事和领导面前都非常谦卑和好学，也会抓住一切机会偷偷学习，愿意加班，被批评依然百折不挠地坚持。可是"态度"有用吗？态度只是表象，甚至可以说是给你一种看似很认真的自我宽慰。

　　现在如果让我在"态度"和"用心"之间选择一个，我肯定会选择"用心"，哪怕我很傲气，哪怕我也不愿加班，和同事也无法打成一片，只有我真的用心做出成绩，自己才会真正快乐。

　　"用心"真的不是做给别人看的，是让你自己有成就感、幸福感的因素。如果你不用心，这里出现问题，那里出现问题，你真的会陷入很深的自我怀疑。工作最大的作用是给人带来成就感，到处出现问题的工作状态，只会让人抓狂。

最近网上盛传王健林管理万达员工的二十条"天规"，不知道可信度如何，但其中有一条特别让我感同身受——什么算是敬业的标准？只有一个标准，那就是你所做的事情在别人之前，还是之后。

这里面有两层意思，一是如果老板想到的事情让你去做了，你做完了，没什么，如果老板还没想到的事情，你做完了，就很棒；二是如果你把什么事情都做到了后面，你只能等着被人挑刺，但如果做在前面，你就可以去挑刺别人。

在之前的很多年里，我也认为我是会把事情做在前面的人，但是工作之后，我发现，我做得很不够，甚至可以说几乎没有。所以说，工作不是累赘，不是附加，而是发现自己的一种通道。

和蓑依聊聊天 5

——关于"90后"的"嚣张"

有一个同事，1993年生，独生女，毕业两年，本地人，家庭背景和家庭物质条件都不错，可以说是黑白通吃，白富美，情商也高，本地专科，韩国留学本科。

按说以她的聪明和家世，职业发展完全没问题（原来在本地某集团公司上班半年，觉得辛苦离职，也是有关系进去的），并且在公司也深得领导的认可，一个领导说她做公关经理一点不差，做行政屈才了。

我不喜欢她：一、她完全带坏了办公室的风气，上班时间看电视剧、逛淘宝、与男友视频通话！带养生壶到办公室煮茶喝以及聊天已经是小事情了。二、"凡事都不要麻烦我"，应该她做的事情，领导没当面说，我们谁转达都是一句"让他亲自告诉我"。三、对待工作，能用到办公软件的糊弄过去就好，接待工作领导特别满意。四、对待同事，稍有语言上不同意，就想着什么时候反击，嘴上从不饶人，反应还特别快。

所以，没人敢得罪她，包括我。我年龄比她大那么多，有时候不给我面子我也挺不爽的，但都不会正面说，我觉得正面说她肯定会心情不爽，后面各种小动作，以前离职的一个同事就被她搞过。

而且，她玩的时候，可以带动整个办公室的人和她一起玩，我们几个"80后"手头工作多都做不下去，烦躁得很。现在想想那个办公环境就头大。

蓑依：我应该以什么心态面对这样的同事？该怎么做？

亲爱的，我下面说的这些话，会很残酷，也很"无能"，我只能告诉你，如果我是你，我会用怎样的心态来面对，但绝非通用的法则。

首先，你给我写信的主题是"90后"的嚣张，然后在文章中也提到了"我们几个'80后'"怎样怎样，可能在你心目中，她之所以这样，是因为她是"90后"，社会上对"90后"的"诟病"很多，你想当然地觉得她符合"90后"新新人类的特质。但我想说，其实不管"××后"，都存在这样的人，你敢说"80后"的人里面没有吗？

我从小在一个山东的农村长大，山东农村基本上是靠人情关系来维持规则的，风气特别重，所以从小到大，我见到了太多和我父母一样年龄的人，凭借过硬的关系趾高气扬，哪怕没什么本事，也能够横行乡里。有时候，遇到我父母被不学无术的人打压，看到父母愤怒的样子，我简直想把对方暴打一顿。但那个时候，我还是默默地告诉自己说：我要比我的父母更努力，更拼，然后让这些不学无术的人，没有平台和我竞争或者合作。我知道说这句话特别难过，因为我的父母没有任何错，他们也用尽了他们的能量去努力，去拼，但是我做不到去扼杀对方，因为在法律的边界之内，他们没有做错任何事，而他们根本不把道德放在眼里。

后来，我不断在大城市之间辗转，杭州、上海、北京，无论如何，我也不会去小城市，也不会回到家乡，因为我知道那些不学无术的后代依然在疯长，很可能长得更凶猛，"不与傻子论短长和高下"，这是我从小就告诉自己的。

所以，我想告诉你，每个年代都会有这样的情况。当你在心里划定"80后"和"90后"的区别时，其实背后表达了你对年龄的焦虑，表面上是你看不惯她，本质上你其实很怕年轻人超过你，这种对"后浪"的担忧会加剧你对这个人的"差评"。

其次，我想说的是聪明而又情商高的人，在职场上就是很受欢迎的，甚至在很多领域，比专业技能更强的人还受欢迎，这是很正常的事情，也是职场的属性。

我是做电视的，按说专业性强的导演应该更受欢迎才对，但在我们这个职业，最受欢迎的恰恰是那些情商高、沟通能力强的人，因为电视的本质是"做人"和"为人服务"。无论你面对的是素人还是明星，你要让人家信赖你、接受你，你们才能实现有效沟通。如果你只是专业能力很强，沟通的时候直奔你的目标导向，而这个过程让对方很不舒服的话，一定是达不到效果的。

就像我经常说"一个人长得好看，也是资本"一样，一个人情商高，其实是非常强的能力。如果我身边有一位同事，情商很高，尤其在工作上，我会接受他，哪怕他在专业上一塌糊涂。职场上的情商高和专业技能强，没有高下和优劣之分。

这个地方，我想多说一句的是：职场就是职场，很残酷的。这个人能力强，受到领导的喜欢，升职加薪，那就是成功。我始终要求自己要把职场和生活区别对待。你不能拿对待生活中朋友的态度去要求职场上的同事，当然，如果职场和生活状态很相近当然最好，但往往是职场上的人只顾着拼业绩、拼晋升，而变得不是一个"正常人"。

你想要她性格好，有礼貌，尊重别人，这其实就是把对她生活上的要求转移到了职场上。职场上她能够做到这些最好，但如果做不到也正常。我知道这非常非常残酷，也是"现代经济"有悖于人性的一面，我们当然可以把她臭骂一顿，可以把她挂到网上"人肉"，可是之后还会有第二个她、第三个她出现，在没有更好的办法的情况下，我们只能去调整自己的认知方式，过得去自己这一关。

最后，再扔一颗炸伤自己的"炮弹"吧。亲爱的，通过你的讲述，我知道你是一个非常自律，对自己严格要求，而且很有能力的人。这样积极、优秀的你，只要按照自己的方向前行，不管身边出现多少妖魔鬼怪都不用怕，他们会"作妖"一阵，但不可能撼动你的地位。

但同时，我想告诉你的是，学着去接受你身边有一些人真的不努力，也不自律，想干什么就干什么，不喜欢就直说，也就是说会有性格和你完全相反的人出现。你可能会看不惯他们，但从现在开始试着去接受他们，有很多这样的人存在，他们以自我为中心，做什么事情都看心情，只顾自己的情绪，觉得自己舒服、自己酷就够了。有时候想想这些人，其实蛮简单的，没有那么多城府，也可能会比我们活得轻松一些，因为不太会过度关注别人。

经常会有这样的情况，我们优秀一些，就会看不惯稍微不那么努力的人，觉得他们简直在放弃人生，但是亲爱的，她的人生毕竟还是她自己来过，过成什么样子，她自己负责就好。

这篇回答写得我很难过，也许我已经成为一个"软弱"的大人了，懒得再站出来和她大撕一场，或者直接辞掉工作，不和这类人为伍。也许，"软弱"的另一面是觉得职场生活没有那么重要了吧，我还有自己的生活要过，我要留些力气，奋力生活呢。

→
YAOMO　YONGSU
，
YAOMO　GUDU
　　　　→

第六章

我 们 都 是 爱 的 孩 子

● ●
　●
　○

| 要么庸俗，要么孤独 |

我们都是爱的孩子

前不久去给五十多个微商做了一次演讲培训，在我的认知里，微商应该都是一群视钱如命、每天想着如何发展代理、推销自己商品的人，然而等到整个培训结束，留给我的最深刻的印象，是他们的哭，不管是男性，还是女性，不管是二十出头的小姑娘，还是四五十岁的阿姨。

我还记得我第一天晚上到达培训现场的时候，每个人脸上都写着疲倦，因为是从全国各个省份赶过来的，舟车劳顿没有任何休息，但是当我说要和大家聊一聊自己的人生时，你可以看到他们眼中的光亮，每个人都特别有表达的欲望。其中一个四十多岁的大姐拽着我，仿佛面对心理医生一样，从如何出生，到怎样谈恋爱，到现在为什么做微商，一点点和我聊，详细到吓得我直哆嗦。其实与其说他们有表达的欲望，不如说他们只是想要一个释放自己的出口。这位四十多岁的姐姐，一边和我聊，一边哭，哭到让我一度担心她会昏过去。

他们哭的原因不外乎两种：一种是小时候的家庭环境，或者是从小父母离异，有的人在半夜听到父母商量离婚时，为了几块钱的抚养费而争得吵起来；或者是家里全部是女孩，从小被村子里的人看不起，而且就算是在自己家里，因为孩子多，也不受关注，所以从小就养成了自卑的性格。

一种是结婚之后的家庭环境，有的是丈夫出轨，有的是丈夫有家庭暴力，有的是赌博进了监狱，更多的是钱财导致的连锁反应，最后实在过不下去了。

有时候和他们聊着聊着，我恍惚间会觉得，与其说是他们找到了"微商"这份职业，不如说是"微商"找到了他们。这些人自卑、不爱说话、生活不幸福，通过网络交际来赚钱，成为他们为数不多的赚钱机会。

亦舒的《喜宝》当中有一句非常火的话：最希望要的是爱，很多很多的爱，如果没有爱，钱也是好的。这些人在没有爱的时候，对钱就非常非常渴望，有的人为了成为更高级别的代理，家里哪怕只有几百块钱，就算贷款也要凑够十几万去申请；有的人并不相信自己的产品，但是为了发展更低级别的代理，会把产品推销给身边的亲戚和家人。他们每天在朋友圈里转发各种各样的正能量"鸡汤"，自己的生活却过得一塌糊涂，心里满是泪水。

这份工作的确改变了他们的生活，只是程度不同而已，但是唯一没有改变的是他们内心对情感的渴求，甚至是在越来越有钱的时候，越来越想要获得爱，就如同以前痛苦的时候，还可以安慰自己没钱，可是现在有钱了，连安慰自己的借口都没有了。

当我身边的朋友知道我去做微商培训的时候，纷纷过来问我学到了什么赚钱技巧。确实学到了一些营销的方法，但是我想如果过上几年之后，我再回顾那几天，唯一能让我们记住的就是他们的泪水，因为那些泪水让我相信爱远比金钱来得重要。之前我在很多地方看到过这句话，觉得是"鸡汤"，觉得是弱者思维，但是这一次，真真切切地感受到了情感流动的力量。

有时候，我会觉得这是上天冥冥之中的安排。最近这一两年，我花费了很多的时间去拼事业，去赚钱，去提高自己的社会地位，相应地，大幅度削减了和家人、亲人相处的时间，之前一周给奶奶打一次电话，现在一两个月才会打一次；之前谈恋爱，每天都要和男朋友见面，现在一个月见一次也觉得正常；以前有什么事情总想着问爸妈的意见，现在有困难自己硬扛。

当他们在台上哭诉的时候，我仿佛看到了未来的自己。我们都是爱的孩子，要永远记得回家的路啊。

不是只有成功，才值得被爱

从辞职到找到工作，我都是瞒着父母的，等到我马上要坐上从上海到北京的动车时，才在微信里告诉我爸爸这件事。他的回答完全不出我所料："女儿，你太棒了。"我随后发了凤凰卫视大楼的照片给他，说："你女儿就在这幢楼里工作哦。"他发了惊讶的表情后，说了一句："在这样的大楼里工作，要比之前做得更好啊，不然，对不起这幢楼了。"

我早已习惯了一个人做决定，一个人承担选择之后的风险。在过往的许多年里，有很多次我遇到问题的时候，抱着虚心求教的心态，会问周围很多人的建议，但最后的结果是，我越来越无法适从，更加迷茫。所以后来，为了省事儿，我就自己说了算，干净利落。

工作后，爸爸经常给我说的一句话是：我们也帮不了你什么。他每次说，声音里面都有愧疚和失落，这就是为人父母啊，总想着一辈子庇佑孩子，可是总有力所不逮的时候。殊不知，对于孩子而言，能够抛开家庭和父母的保护，用自己的力量去成长，这就是他们的成长之路，想逃都逃不掉。

我的这次跳槽，其实在父母的眼里，未必算得上成功，因为在他们的观念里，央视的平台要远远好过省级卫视的平台。尽管他们肯定有不理解，但依然自然爽快地祝福我、鼓励我：你太棒了。这让我知道，不是我非得实现他们眼中的成功，我才是最棒的。

因为我知道不是自己非得成功、非得每一步都走得无比正确，他们才会爱我，才不会对我失望，所以我才会更加努力，对得起这份理解。

天下的父母都是一样。

前几天我和超级铁的朋友一起吃饭，他说起在北京买房的事情。他纠结犹豫的点在于不想拿父母辛苦几十年攒的钱来付一部分的首付（虽然他的父母铁了心要把钱给他），他更想让父母用这笔钱去县城买套房子，而不用再住在乡下。我们讨论来讨论去的一个根源点在于：其实还是我这个朋友内心不认可自己的现状，觉得自己并没有做得很成功、很满意，也并未让父母觉得特别骄傲，所以不愿意拿他们的钱。倘若他现在做得特别好，他很愿意接受父母的钱，因为他相信自己很快可以赚回来，能给他们更好的生活，一举两得。

追根究底，他还是觉得：我没有成功，我不配拿父母的血汗钱，我不值得他们这样爱我。

你这么踏实努力，用尽全力在北京打拼，不管是碍于什么原因，还没有到达自己理想的状态，是情有可原的，是再正常不过的事情。

所以，如果父母真的是一心一意想提供给你条件，让你在北京安个家，坦然接受，等有了机会，赶紧回报他们就是了。

父母无论做什么事，其实都是在以他们的方式为你好。只不过"方式"有时让你觉得很享受，有时让你觉得完完全全就是压力。但只要你时刻记住他们的出发点是——为你好，有些事情就没必要觉得那么有压力了。

一个出生在小县城的女孩子想来北京见识一下，于是就来到了一个亲戚的朋友的公司工作，本来职务是会计，但是没想到来了之后，既要做出纳、采购，还要做文员，每天从早上六点要忙到晚上十点，身体都有点吃不消了，而且她还有一个想法就是一边工作，一边准备初级考试，现在是一点时间都没有。她想要换工作，可是很担心妈妈会不高兴，因为妈妈希望她能够在一个地方踏踏实实地一直待下去。可是呢，如果现在让她回老家，她不甘心。

对于这件事，我的想法是：

一、如果你只是想来北京"见识"一下，那见识一下就可以回去了。"北漂"并没有我们所想象的那么好，被媒体渲染得那么有理想。对于一个既不能吃苦，也没有专业技能的人来说，非要在北京生活下去，就是自讨苦吃。不甘心是一回事儿，有没有能力让自己留下来，并且体面地活下来，是另一回事儿。

二、妈妈之所以会希望你踏踏实实在一个地方待下去，我的想法是她担心你不停换工作，最后吃亏的是自己。妈妈一般是最了解女儿的人，她可能知道你的性格或者工作、生活态度，换句话说，有可能她知道你是一个不适合换工作的人。你可以先尝试换一次工作，不要担心她高不高兴，如果你在下一份工作上做得很好，她也会乐得合不拢嘴；如果你在下一份工作上继续如此痛苦，就听妈妈的话。

试错，把自己不确定的想法做出来，用事实说话，你就不会纠结。妈妈高不高兴都是爱你的，她只是想对你好而已，不要把这种好变为枷锁，用行动去说服或者接受这种好。

分享朋友，到底有多重要

有时候，某个人说的一句话，真的会让你醍醐灌顶，改变一生的习惯。

去采访"公关大佬"刘希平时，我问他："你做到现在这种程度，肯定有什么过人之处吧？"他瞪大眼睛，惊奇地看着我说："怎么可能有？我就是很坚持地做事情罢了，比如我从三十五岁开始吃保健品，每天都吃，就这样坚持了快三十年。"我觉得有点寡淡无味，有一种类似"你懂得那么多道理，却过不好这一生"的无奈。

这时，他的助理突然说了一句话：他还有一个非常重要的品质就是分享朋友。如果你和他成了朋友，他会在恰当的时机，介绍他觉得你应该认识的朋友给你，即便是如林丹、张继科这样的体育明星，如果你觉得有需要，他也一定会帮忙。

他的助理说完这句话,我看了一眼刘老师,他笑得如同少年,说:"这有什么好说的。"我当时内心的想法是:这太该说了,尤其对于我而言。

做了电视节目后,我每天很重要的工作就是找人、找人、找人,找各种各样能上节目的人。找人并不是个体力活,最重要的是两个方面,一个是视野,你的视野得足够大,你认知到什么范围,就会找某个范围的人;另一个方面是你的资源,有的人找一个选手需要一周的时间,而有的人只需要一分钟,这中间长期累积的差别就造成了类似职业发展上的"鸿沟"。如果说前者你还可以自己努力,后者则特别需要你和别人的配合,而这个配合很重要的一方面是你要成为一个愿意分享朋友的人。

那天采访完刘希平老师之后,我回头一看,我那些很成功的朋友,都是把"分享朋友"做得非常好的人。

前几天,作家李尚龙给我打电话约饭,在我答应完之后,他告诉我,这次他会组个局,邀请某个自媒体大 V 和台湾过来的一位艺人,我们一起吃个饭。听完之后,我开玩笑似的对他说:"厉害了哈。"说是开玩笑,也是真心话。那两个人是我都不熟悉的,而尚龙愿意给我创造机会,这比"喝一百次酒,去消费上万的餐厅"都来得情深意重。不是我看中那两个朋友对我来说有多重要,而是尚龙愿意分享朋友的精神让我觉得,他对我是敞开的,用心对待的。

我的另一位好朋友小北,包场看电影,约我时,会附上一句话说:你的另一位好朋友某某某也会来哦,还有很多其他你认识但可能没有见过面的人,比如××等。很多人包场看电影,只是拿出钱来消费而已，那些朋友如果自己不主动，根本没有认识新朋友的可能。而像小北这样的"主人"，会主动搭配好熟悉和不熟悉的朋友的比例，并且提前告诉你，就这样一个细节，让我觉得小北配得上她现在所拥有的一切，并会越来越好。

前不久，"灵魂有香气的女子"创始人筱懿姐组织很多的女性自媒体人去黄山"春聚"，朋友说当时所有的自媒体人的流量加起来上亿。我和一位好朋友聊起这件事的时候，她说：做这样的事情太功利了，好像制造一个小圈子似的。如果在刘希平的助理没有给我"醍醐灌顶"前，也许我也会这么想，但是现在，我想的是：如果一个人把她所有厉害的朋友一股脑儿地介绍给你，这不是功利，这是胸怀。也许有人说：这很容易做到啊，花钱找个地方，把大家组织起来就可以。不消说很多有钱人未必愿意花这个钱，更重要的是如果她不是一个很棒的人，怎么有足够的自信吸引到那么多优秀的人参加？

你分享给别人东西，会让你的资源增多，而不会让你的获得减少。和很多经纪人打交道后，我得出的一个结论就是那些真正优秀的经纪人，一定是分享资源的，哪怕你和他们家没有合作成，他也会帮你介绍新的人，而这样的结果是等下一次你这边有机会的时候，你第一时间也是想到他。这几天，朋友要办一场女性论坛的活动，问我有没有可以推荐的人，我二话不说就推荐了一位女艺人，朋友问我："为什么这么积极推荐她，你和她有什么关系吗？"我说没有，就是因为上次没有合作成，她的经纪人帮我介绍了另外几个人，这次我想回报她。

我们做电视节目的，每位编导的收入是和所找的选手的数量联系在一起的，但是即便在这样的情况下，我的同事如果想找一个人，而我恰巧有他们的联系方式,我都会第一时间给到他们。虽然我知道,如果我自己去联系,可能更快、更高效,虽然我知道这些人的资源很重要,是我花费很多时间才拥有的。当你清楚一些权益之后,你依然愿意把他们分享出去,只是因为你知道:朋友是需要流通的,如果你一门心思把它藏起来,哪怕你对她再好,你们友情的生命力也不会长久的,因为这背后是你的素养和为人,而且借由你完成的成长,才是你对她最好的付出。

孩子给父母最好的礼物是什么

前几天的晚上,我收到一封让我有些不知所措的邮件,是一位四十五岁的姐姐报名参加我的"阅读课"。我口口声声说自己是一个崇尚思维革新的年轻人,但是收到邮件的那一瞬间,我做了两件事:一是回想了一下我妈妈四十五岁的样子;二是问我身边的人,咱们周围有谁是四十五岁?

等我冷静下来,我为我的这个念头感到羞耻。姐姐下定决心报了名,中间不知道会有多少自我怀疑或者犹豫,她勇敢地闯过了自己那一关,为什么我这个年轻人却看不到这些,第一个想到的却是——她四十五岁了。她放过了自己的年龄,我在这里斤斤计较什么?

我崇尚女性独立自主,一生学习,我告诉自己,等到六七十岁,依然要奔跑在世界各地，学习新的技能，不能被孩子和家庭所桎梏，可是在二十几岁的时候，面对"四十五岁继续追梦的自己"，我竟然有些退缩、不理解，甚至略微恐惧。

　　我在恐惧什么？我在恐惧四十五岁时，人生状态到底还能不能改变；我在恐惧一个人四十五岁了，如果寻求改变，这股力量得是多么强大，强大到我可能付不起责任；我在恐惧应该如何和一位四十五岁的中年人谈谈灵魂和精神世界。

　　这封邮件，让我很久无法平静，它就像一双手，撕开了我贴在自己灵魂表层的保护膜，拉得我生疼，似乎每撕扯一下就在说：让你装，你到底还有多少思维的顽疾、毒瘤驻扎在你惺惺作态的自我鼓动中？

　　我一直有一个理论，就是一个人真正成熟是从他意识到必须自己建立属于自己的三观开始。每个人都有三观，但至少90%的人拥有的都是父母、老师或者整个社会舆论、社会状态等外部因素所影响或给予的，只有极少数人会自己把这些他人的东西打碎、清除掉，自己一点一点地像盖房子一样，构筑自己的世界，而这个房子的每一块砖都是自己打磨的。世界上凡是能够有所成就、有所成功的人，一定是有自己独特的三观的。

　　我一直为此努力，以为自己在这条自我创建的路上走得还算顺遂，但这件事让我意识到：我还是太轻易地放过自己，有些观念根深蒂固到你稍不注意就觉得真的解决掉了。

　　几天后，我平复心态，给姐姐回复了信息，问了她四个问题，每个问题都让我有种割心的疼痛感，因为太像面对我的母亲，面对一位有些"跟不上时代"的亲人。

一、阅读时，你想看电子书，还是纸质书？

她说："我不会用电子书，我明天就去书店买纸质书。"

二、你的课程费用是支付宝转账还是微信转账？她说：

"我不会用这些，你给我你的银行账号，我明天去银行给你转账（我本来想不要她的钱，但是这个念头，也让我不舒服，有羞耻感）。"

三、我们上课有时会用到QQ语音，你记得加一下群哈。

她说："我的手机没办法上QQ，明天回家用电脑加一下，可以吗？"

四、你想从这周开始上课，还是下周（因为这周要过年，我担心她家里的事情会比较多）？

她说："这周。"

最后，她给我说："蓑依，我因为有时候会上夜班，如果周天晚上你上课时，我正好上夜班，我就缺课，之后我会用录音补上。"

我说，没关系。

不会看电子书，不会支付宝转账，不会用QQ或者微信，多么像我们的父母？五十岁左右，似乎永远和时代慢一拍，所以现在的很多"鸡汤文章"，就鼓舞年轻人：回家后，教给父母用微信；回家后，多给父母讲讲你在外面的精彩生活；带父母出国旅游，让他们多去看看外面的世界。

是的，这些都是好的方法，但也仅仅是方法，是"术"的层面而已。我们需要做的远远不止这些，同时，也要知道我们做这些"术"

的目的绝对不是让父母跟上流行趋势这么简单。不是说他们会用微信，会用支付宝了，他们去了很多国家了，他们就真的跟上这个时代了。

真正跟上时代，就应该和这位姐姐一样，跟上这个时代的"核"，在这个自我学习的时代，有一种自我驱动前进的力量，从心底真正生长出力量，然后成为那个梦想中的自己，有一个理想的状态。这个"梦想"也许你已经搁置二三十年，也许你曾经觉得再无可能，而现在，你又想要试一试了。

所以说，孩子给父母最好的礼物是什么？是让他们知道，在现在这个时代，年龄不是问题，有什么你想要实现的，你想要挑战的，凡是"你所想的"，都要去完成，都要去尝试。"你所想的"这四字，比什么都重要。很多孩子给父母的都是"孩子所想的"。

当然，如果想要做到这一步，我们身为孩子的必须已经提前做到。如果你这个年轻人都没有做到真正"跟上这个时代"，那也没办法去说服或者分享给别人了。

你欠自己一场恋爱

在我二十八年的感情生活中，让我印象最深的一个画面是我读初三那一年。有一个长相普通、不爱说话、痴迷朴树的男孩子，有一天放学后，递给我一盘磁带，害羞地说："这里面是我录的想和你说的话。"然后又塞给我一张字条说，"将来，我一定会娶你的。"

那盘磁带，我没有打开过，因为在那个年纪，家里的复读机是需要通过爸妈的允许才能用的，这也成为我心底非常大的遗憾，虽然可能听过之后，也改变不了什么，但还是想听。

后来，我顺利考上了高中，他没有考上，我们就此断了联系，唯一有交集的是我比他晚很多年才开始听朴树，但一听就再也放不下。我很想当面告诉他，我很喜欢朴树，但也只是想想而已。我是有方法找到他的，但是已经不想去找，想必他已经是几个孩子的爸爸，还是让那个害羞的少年的形象留存在脑海里会比较美好吧。

人世辗转,之后的很多年里,我喜欢过几个人,也被几个人喜欢过,这个男孩子的形象在我心目中却再也挥之不去,因为他太单纯了,你想不到一个还要上早晚自习的男孩子是如何抽出时间一点点地录,直到录完一整盘;想不到他如何避开爸妈,想不到如此害羞的男孩子怎么敢挑战最不擅长的说话;想不到一个十五岁的男孩子,怎样攒足了劲儿,强硬地说:我一定会娶你的。有时候,我会因为这一个场景,就觉得被宏大地爱过一场。

我是一个爱情信徒,对两个陌生人的偶然交会充满渴望,珍视每一段获得爱和释放爱的关系,为无数只有两个人才能懂的小细节而心跳不已。好朋友说:"你身上之所以还有些天真气,还那么相信爱情,也许就是因为你一直在爱中被保护得很好。"

可我不觉得是幸运,而是我敢,亦如我在生活中处理其他的事情一样,我不怕受伤,放得下自己,哪怕也会受伤,但懂得及时止损,斩钉截铁。

有女孩说:"我现在将近三十岁的人了,才发现以前不想谈恋爱,希望后面能自然地出现对的人,想不到爱情来得这么迟。身边的朋友都结婚了,甚至有的小孩子都上小学了,人生必经阶段,难道真要将就一个结婚吗?"

我和这个女孩是完全不同的人。首先,我不是那种等到爱情自然而然出现的人,在我看来,爱情和所有的事情一样,是需要你付出,你主动,你把它当作很重要的一部分来做的,从来没有自然而然,从来没有从天而降。遇到喜欢的男生就去追；有男生来追你，就试着去接触；如果哪天有人给你介绍了个相亲对象，就去看看。爱情是"众里寻他千百度，那人却在灯火阑珊处"，前提是"寻他千百度"。言情小说为什么"狗血"？就在于它告诉你不用"千百度"，那个就在"灯火阑珊处"等你呢。不过，就算他在等你，你也要有能力认出他来呀。

其次，我不认为婚姻是人生的必经阶段，尤其对于三十岁左右的人来说，它并不是多大的困扰。也许因为是在北京，我身边十个人里面至少有六个是三十岁没有结婚的，他们做着自己喜欢的事情，他们和喜欢的人谈着恋爱，他们在准备给自己买一套小房子，他们准备再工作一段时间就去国外读个硕士或者博士，他们在最好的年华生猛地活着，是否结婚和其他的事情一样重要，并不格外突出。

这段时间，我和男朋友之间花费很多精力去沟通的事情是：我没有那么渴望结婚。因为在他看来，他如果对我负责，就要在这个众人觉得合适的年龄娶我；过年回家，亲戚催婚，他不想看到我尴尬，所以他觉得要尽早结婚。可是，我真的不觉得二十八岁或者三十岁，就一定要结婚。

我很爱他，无数次憧憬未来和他一起生活会是什么样子的，可是，我也真没有那么渴望结婚。我想两个人好好谈一场没有任何负担的恋爱，不以结婚为目的，感受两个生命的碰撞，吸收彼此的养分，如果有一天早上醒来，觉得阳光真好，想去领证，那就穿好衣服，坐个地铁，把证领了。

之前网上流传很久的，不以结婚为目的的谈恋爱就是耍流氓，我不这么认为。不以结婚为目的的恋爱，很多时候是高质量的恋爱。恋爱和婚姻是完全不同的事情，一旦在恋爱中加入婚姻的元素，两个人的恋爱很快就变质了：要考虑各种硬件条件，要担心这个人将来会不会出轨，要纠结什么时候要孩子。

亲爱的，你欠自己一场恋爱，一场毫无负担，一场不计后果，一场全身心投入的恋爱。不管你现在是什么年龄，不管你现在处于什么境遇，你要做的都不是为婚姻惆怅，而是要给自己一次恋爱的时间，就是谈恋爱，不要想结婚的事情。因为，一方面，当你真的谈起恋爱来，整个人都会柔软起来，会吸收到更多恋爱的信号；另一方面，我身边很多好友印证了，两个人从来没有想过要结婚，却最终结婚了；而一开始就奔着结婚去谈的，多数都分手了或者离婚了。

有一天，我朋友圈里的一个姑娘，发了一个状态，她说："忽然之间，我就明白了一件事：自从大学毕业后，我就不断地相亲，每次见面不超过两次，认识不超过一个月，只要我发现对方没有那么喜欢我，我就判死刑，还带着目的性，以结婚为目的。现在呢，反而释然了很多，只想享受过程，不想要结果。"在三年的时间内，她相亲了至少十位男生，都是以结婚为目的去的，等到头来，竹篮打水一场空。她感叹：还不如用三年的时间，好好谈一场恋爱，指不定还真的就结婚了呢。

爱情有时候就像是兔子，你抓得越紧，它跑得越快。年纪轻轻的，别给自己那么多"目的"。更重要的是一个没有认真爱过和被爱的人，婚姻也未必会幸福。有些人的婚姻是徒有其表，只是两个人凑合着过日子，如果你觉得那样的婚姻也能接受，那你完全可以将就，这也是一种生活方式；而如果你想要获得幸福，让婚姻成为你能量的来源，那就好好谈场恋爱，被爱情滋养或者伤害过的人，才真正懂得自己，理解他人。

知乎上有一个高赞的问题：你担心自己会永远单身下去吗？有一个人的回答实在而扎心：其实，我担心的不是单身，而是我怕我在遇到那个人的时候，没有谈过恋爱，没有经过那些成长，不会好好处理恋爱中的问题和关系，最后错过。

其实更可怕的是，你都不知道到此刻为止，你有没有错过。

想提高情商，就去多谈几场恋爱

有一天，我的好朋友兴冲冲地跑过来告诉我说："亲爱的，我给你推荐一个搭讪男孩子的秘诀。"虽然我顿时黑人问号脸，但是挡不住她推荐的热情，"我把市面上几乎所有能找到的交友软件 App 都试过了，找到一个你要搭讪的男孩子，可以让他们马上就回复你的不是'你好'，不是'在吗'，而是'是你'，我百试百中，推荐给你哦。"

那一刻，我真的哭笑不得，我不知道她是否知道：可以是"是你"，也可以是"你是我同学耶"，也可以是一句骂人的脏话，这些基本上都可以得到对方的回复，可是然后呢？他回复你一句，接下来你们该怎么聊不起来还是怎么聊不起来，颜值不够，很多时候说什么也没用。

我对交友软件不反感，尊重一切建立联系的方式，但是如果对方是我的好朋友，我一定建议她去谈一场"现实"的恋爱，你哪怕谈过一次现实的恋爱，也不至于在发现"是你"这种聊天方式时，觉得进入了一个新的段位。

我有一个不成熟的观点就是如果你想要提高情商，最好的方式就是谈恋爱。我这个好朋友今年三十一岁，一次恋爱都没有谈过，只不过现在到了年纪，有点着急了，所以才会去各种交友软件上尝试。没有谈过恋爱的后果就是在亲密关系中，比如说友情中，情商特别低，低到不仅伤害到别人，而且还不自知，所以我们有时候会觉得她蛮"危险"的，因为情商低，什么话应该说，什么话不应该说，她完全判断不来。

她在职场上有丰富的经验，在生活上照顾自己也游刃有余，可是一面对人际关系，她就彻底不行了，处理情感的笨拙，让周围的人不舒服，让她自己也不自信。我们从小到大，会有意无意地学习很多和别人相处的方式，和同学，和老师，和同事，和父母，但是这些关系都很难提高你的情商，因为不是亲密关系，哪怕和父母的关系都不是，因为情感不对等，无论你怎样说错话和做错事，在父母那里，依然是好孩子。

回顾我慢慢开始察觉和有意识地去学习和人相处，真的就是从谈恋爱开始的。尤其在青春期的时候，喜欢一个男孩子，就要去观察他所有的行为，他喜欢吃什么，喜欢穿什么颜色的衣服，甚至是几点钟会回家，都记得清清楚楚。这非常重要，因为通过这些行为，你会忘记自己，会知道除了你之外，你的世界里面还可以有别人，而不是像那个时候没谈恋爱的人一样，自己就是世界的中心。

男孩子如果答应你了，甜蜜而苦涩的故事便开始了。你必须小心翼翼地说话、做事，生怕哪句话说得不对，他误解了你，或者你们两个吵了一架；假设误会真的产生了，你们还要想方设法、聪明而不失颜面地去解决，在解决无数个吵架和误会之后，你的情商便能成倍地增长，因为你掌握了解决矛盾的各种办法，甚至能做到融会贯通了，以后你在和闺密、同事吵架的时候，它们的作用便凸显了。

很多人觉得谈恋爱是可以肆无忌惮的，想说什么话都可以，想做什么事情也没关系，但是这样随心所欲的爱情多半没有好结果。谈恋爱是两个人之间的情感角逐，两个人的能力都很强，会让这场角逐的质量也提高，都会从中受益。

所以，如果想要提高情商的话，就好好去谈几场恋爱，义无反顾地去爱，然后接受哪怕是撕心裂肺的痛苦。

让人舒服，就是最大的成功

最近各种因缘际会下，我们几个姑娘临时组建了一个培训团队，去给某个机构做培训。因为是临时组建的团队，所以在此之前，对每个人的处事风格都不太熟悉，势必经过了一个磨合的过程。在这个磨合的过程中，我有一个小发现，就是智商高远不如情商高重要。

团队中有一个女孩子智商很高，名校毕业，职场经验丰富，在培训这件事情上有独特的看法，也真的是掏心掏肺地为团队出谋划策，但是遭遇的结果是，我们几乎没有人听她的话，即便我们认为她说得非常对。与此相反，团队中有一个姑娘，很柔弱，个子矮矮的，说话轻声细语，如果不是稍加注意，可能就会把她忘掉，但是她也特别热情和积极，当你还在犹豫要不要制作一个调查表时，她已经弄好了；当你想如何分组更好时，她已经分好组了，问大家，你们看，这样行不行？每次开会，她都是在别人讲完之后，总结一下，然后再讲出她的建议，每个人对她都很信服，都愿意跟着她做事。

其实，我们当然知道后面这个姑娘不如第一个女孩子给的建议好，但无论如何，你就是没办法说服自己按照第一个女孩子的想法做，因为她每次讲建议的时候，都趾高气扬，一副"老娘天下无敌"的气概；一旦你提出和她相左的意见，她的第一反应就是压制你，强迫你接受；说话声音响亮到让你觉得受到惊吓。

几个人的小团队，不到一天的时间，突然就形成了两个小圈子，一个是"强悍姑娘"，一个是除了"强悍姑娘"之外的我们。"强悍姑娘"也意识到了，但她不在乎，在她看来，她是过来做培训的，培训的结果最重要，我们是不是喜欢她不重要。

等到五天的培训结束，我们去调查学院的情况时，"强悍姑娘"那一组的体验感或者说接受度是最差的，学员的说法是：老师太强势了，几乎都没怎么和我们沟通，自己就帮我们完成了；批评我们的时候，毫不留情面，我们起点低，想要的是鼓励啊；虽然我们能力不行，但是我们也想要自由选择的机会，而不是完全服从。

说实话，如果从专业角度来讲，"强悍姑娘"这个组的作业情况的确是我们这几个组里面最好的，水平很高，但如果从学员自我认识的程度来讲，是最差的。他们花费很多钱来参加培训，要的是一种体验感，一种享受学习并且有所收获的感受，至于最后的结果怎么样，他们不关心或者说他们更关心的是他们所认为的结果，也许在他们看来，在快乐中学习就是最好的结果。

在我初入职场的时候，我也是一个对智商的要求远比对情商要求高的人，体现在工作上就是我对待参加节目的选手是"暴君式"的，竟然把女孩子逼哭，或者让男孩子整个晚上不睡觉来做准备工作，因为在我看来，只有这样逼迫他们，他们才能在舞台上绽放光芒，有属于自己的荣耀。但是一两年过去了，我做过的那么多选手中，发展非常好而且和我关系好的，都不是那些当初我抱着善意去强迫他们努力的人，恰恰是那些我对他们温声细语，对他们鼓励、赞美多于提意见的人。那些我曾经对他们非常认真的选手，反而渐渐和我断了联系。

后来，我逐渐想清楚这件事，从学校毕业的时候，我们的智商其实都差不多，或者说已经既定了，一旦走向社会，接下来要拼的都是情商，是你如何和同事、家人以及孩子相处。也就是说，一旦走向社会，就开始了"合作"之旅，判断的标准早就不再是你动脑的能力，更多的是你动心、动情的能力。

让人舒服，让人愿意和你相处，让人自觉被你吸引，就是一个成年人最大的成功。这样的人，在工作上，会有贵人相助；在生活上，会减少很多麻烦；在情感上，会因为人和人之间的温暖而建立起来的安全感。而人到三十岁左右，最大的失败就是自己还是一个浑身是刺，并且引以为傲的人，有刺在身，刺伤的绝对不只是别人，还有自己。年轻的时候，还会有人帮你拔刺，可真到了一定的年龄，没有人再去接近你，不是因为他人自保，而是你已经不给别人接近你的机会了。

也因为这样，对于成年人来说，"笨"是比"聪明"和"精明"更好的修行。笨的人，迟缓，腼腆，舍得花费更多的时间去观察别人，体会别人，而聪明的人，速度极快，舍不得也不在意是否花时间在别人身上。而很多时候，你舍不得花时间对别人，别人更不会花时间给你。

在人与人相处的过程中，最重要的并不是结果，重要的是体验感，在某种程度上，好的体验感就是最大的成功。

你是一个付出很多的女人吗？

窦文涛是这样讲述他人生中的第一次，也是目前唯一的一次求婚的："因为女生为我付出得太多，我感觉如果再不和她谈结婚就太对不起她了，于是有一天，我鼓起勇气，对她说出了'咱们结婚吧'这几个字，当时我的牙齿打战，基本上是一个字一个字地蹦出来的。"

俞飞鸿坐在一边听着，然后直截了当地反问他："怎么听你这么说，好像在你看来，女性结婚是需要你施舍的？似乎女性为你做了这么多，就是想要你和她结婚来作为回报呢。"

为俞飞鸿的反问击掌称快的同时，我也不禁去想：女性得付出到什么程度，竟然让男性觉得如果不结婚就对不起她呢？我认识的一个朋友的遭遇是这样的。

她比男友大五岁，男生想要先以事业为重，等到有了一定的物质基础再来谈组建家庭的事情。两个人一直过着同居生活的后果是女生有了第一次的怀孕。女生很自觉地认识到这个孩子不能要，因为男生的事业刚起步，他不可能结婚的，于是，像遵循某种规则一样，她按照"规范"打掉了孩子。

两年之后，女生再次怀孕，这时，她已经二十九岁了，年龄不饶人的压力，让她想要把孩子生下来。她把对年龄的恐惧和对孩子的渴望说给男友听，二十四岁的男友犹犹豫豫，显然依然没有做好结婚的准备。经过无数次争吵之后，女生以"我爱他"的理由妥协了，于是第二次自觉地失去了孩子。

接下来的生活是男生一直处于结婚的压力之下，以至于他后来觉得女生为他所做的任何事情，都是在以一种无形的方式逼他结婚。于是，他也同样自觉地加快了结婚的进程，一年之后就和女生结婚了。可是，婚后的生活完全变了味道。

男生像完成了任务一样如释重负，女生却总感觉男生并不是真的想和她结婚，只是觉得不结婚就对不起她，出于报答而不是出于爱。所以只要男生对她有一丁点儿冷落，她就觉得只剩下婚姻的外壳，没有爱情了。

为男友打掉两次孩子这种压力，真的是太重了，无论搁在谁身上，都是生命不可承受之重，不仅是以自己的身体作为赌注，而且还押上了未来不能怀孕的可能。

这在女性看来是一种付出，你看，为了你我把最重要的东西都舍弃了，我有多爱你啊。可是超脱两性关系来看，这种舍弃，不是付出，而是一种对自己的不负责，是一种对自己的潦草，打着为对方的名义，放弃自尊自爱。

任何情感关系中都需要为彼此付出，但是这种付出有质量的区别。对等的付出才能推动感情的发展，而任何一方过多的付出，都会在某种程度上让情感变质。每个人的精力是有限的，如果你把大部分时间花在为对方付出上，想必花在自己身上的时间就会少很多，你自身的成长和发展就会受到限制。

有个读者留言说，她和老公认识的时候，他还在读博士，没有什么收入，又来自农村，所以他读博士的全部开支基本都是她来支付的，甚至因为没有钱，两人连婚礼都没有办，只和家人吃了顿便饭就算结了。那三年的时间，她基本上把所有的精力都放在了供养丈夫、维持自己的生活上。

为了省钱，她不和朋友出去吃饭聊天，社交生活基本断掉；以前有读书和看电影的习惯，现在想着能省则省，不买书不看电影，一个月两三百块钱就可以把水电费交上了；本来有考编制的机会，但买资料的费用、报名的费用、打通关系的费用又是很大一笔，所以一拖再拖，三年之后，她依然是单位的临时工。

丈夫毕业后，顺利地进入了事业单位，而且还是中级职称，而她还是一个临时工，周围的闲言碎语随之而来，不堪入耳，说她有心机，说她高攀，说这样工作不对等的婚姻早晚得失败。

她嘴上说着不在乎，因为那是她用一分分辛劳"培养"起来的丈夫，可是她心里是在乎的，总觉得自己低了一等，工作上没有什么起色，迎接她的很可能是生儿育女、家庭主妇的生活，她担心有一天丈夫会不再关注她。

生活非常不容易，无论是谁遇到这种情况，都会为对方多做些。可是，这里有一个前提就是为对方付出再多，也不能到没有自我的程度。付出是有度的，超过一定的度，对彼此都会是伤害。

每月为自己投资两三百块钱读书和看电影的费用又怎么样呢？并不会让生活陷入无路可走的境地。在有限的资源内，无论什么时候，都记得分给自己一份，不是自私，是你看重自己，是你认为自己值得这么做。

中国女性往往会"付出过度"，尤其是在情感方面的付出，为了丈夫，为了孩子，为了父母。在《欢乐颂》里面，我很欣赏的一个桥段是当樊胜美的父亲生病的时候，曲筱绡和奇点想出来的让她父母抵押房产治病的方法，而不是让所有治疗费用都由小樊自己来承担。樊胜美已经"付出过度"了，是朋友就应该帮她遏制住，即便筹码是生病住院的家人。

生活再艰难、家庭再困苦，总能给自己留出一点缝隙去自由呼吸和成长。关键就看你有多爱自己，有多看重自己的成长了。

那些说出去就后悔的话，造就了现在的你

一个人问了我这样一个问题：如果你的好朋友在你过生日的时候，买了好吃的给你当礼物，但你发现不好吃，因为平时玩得足够好，所以就直接跟她说不好吃，说出去你就后悔了。遇到这种事情，你会怎么处理？

这个问题等同于：我和男朋友吵架了，在吵得最凶的时候，男朋友对我说：咱们分手吧。因为感情足够好，其实男友当时只是随口一说，第二天他又来找我、安慰我了，但是我心里总有一种恐惧：他是不是真的想跟我分手啊？如果从来没有想过，那为什么会突然说出这样的话呢？

从此你心里再也无法平静地面对这段感情，好像男友做什么，都在背上写着大大的"我想和你分手"几个字。一语成谶，两个人的冲

突日益频繁，最终不欢而散。

遇到这种事情，我会怎么处理？我选择认栽，甚至都不会去解释，解释越多，越不清楚，一个人脱口而出的一句话，很少有人当作玩笑，大部分人会认为是在某种环境下激发出来的深思熟虑后的反应。这句话越是来得突然和看似无心，就显得越真实，越日思夜想。

唯一的办法就是别说。一个人的自我控制能力并不仅仅体现在你对时间的管理、你的自律、你的习惯养成这些大的方面，更多的还是在你无意识做出的一个动作、说出的一句话之间。

我对一位我曾经很喜欢的前辈失去好感，也是因为她的一句话。有一次，我们出去玩，在和接待我们的人一起吃午饭的间隙，大家玩杀人游戏，其中一位朋友因为刚开始玩，不熟悉，所以不断出问题，这时，这位前辈说了让我一定会记住的一句话：你是不是没脑子啊？当她说出这句话时，场面顿时凝重，幸亏接待我们的人插科打诨，才把这个掩盖过去。可是也正是因为有接待我们的外人在场，让前辈的这句话显得更没有素质——怎么可以在陌生人面前张口就对自己人这样"恶言相向"呢？

也许这位前辈在当时真的想要开句玩笑，但是没办法，演技再好的演员也无法保证自己说出的每一句台词，表情都是到位的。在场没有一个人觉得那是一句玩笑，不然，场面也不会瞬间降温。后来，这位朋友和前辈再也没有联系，他的理由是：一句话暴露了她整个人。

每个人都有意无意地说出过伤害人的话，同样，每个人也都有意无意地被别人的话伤害过，因为这种共情，才让我们更深刻地看到了语言的力量。我爸爸从小就不断告诉我的一句话是：说话得经过大脑。很多时候，不是我们不由自主、不受控制地说出了那句话，而是我们没有让那句话经过大脑，哪怕简单地"过滤"一下。

别那么着急说话，别那么着急做出某个动作，在此之前停留个两三秒，并不会耽误什么事儿，反而会挽救很多事情。而且，越是亲密的关系，越要多思考一会儿。无论是闺密、男朋友还是自己的丈夫、孩子，我们再是一家人，也是两个不同的个体，应该给予彼此最大的尊重，有些话可以说，有些话永远不能说出口。

曾经看到一个朋友发的微博，他说这辈子最后悔的就是说了很多实话。看到这句话，我心情很复杂，不知道他是如何定义实话的。比如说问我问题的那个姑娘，她可能觉得生日礼物难吃就是难吃，她说的就是实话，如果她现在不告诉对方，其他人过生日时，她再送给别人，别人也会不喜欢吃；如果现在告诉她，她以后就不会再买这种东西当礼物送给别人，可以规避掉很多不愉快。

可是，这真的就是实话吗？也许这个礼物是甜的，而你正好不喜欢甜的，倘若其他朋友喜欢吃甜的，为什么就不能成为很受欢迎的礼物呢？不是你不喜欢的东西，所有的人都会不喜欢，而且，一旦作为礼物，就说明是对方精挑细选的。什么是"礼物的实话"？就是你让她知道你感受到了她的心意和对你的重视，至于味道，那是你味蕾的实话，而非礼物的实话。

所以，不要打着说实话的名义去说出一些自以为的真相，不要以为别人好的名义，做伤害别人的事情。

香港作家陶杰有一段很经典的话——"当你老了，回顾一生，就会发觉：什么时候出国读书，什么时候决定做第一份职业，何时选定对象而恋爱，什么时候结婚，其实都是命运的巨变。只是当时站在三岔路口，眼见风云千樯，你做出选择的那一天，在日记上，相当沉闷和平凡，当时还以为是生命中普通的一天。"

其实，说话也是一样，正是那些你说出去就后悔的话，造就了现在的你，那句话说出的时候，很普通，就是几秒钟的事，但一旦说出，你的人生可能就此不同，它或者让你失去了一位朋友，或者让你离开了一段感情，或者让你不得不辞职，或者把自己逼到了一个特别艰难的处境。

一位大我几岁的哥哥给我说过一个细节，他说：小时候，他喜欢看球，而他的父亲最烦他看球，因为一看就拔不出来，像疯子一样。高三的时候，有一次他又在看球，父亲看到后，说出了那句说了几百遍的话："踢成这样，有什么好看的？"这一次，他一边嗑着瓜子，一边说出了那句让他终生后悔的话："你行你去踢啊！"然后父亲就出去了，没有说一句话。

因为他的父亲有一次在去接他回家的路上，发生了交通事故，用自己的身体保护住了他，而父亲自己，失去了双腿。

自此以后，他没有再看过一次球。同时，每次和妻子吵架的时候，他都以"少说一句"提醒自己，生怕自己再说错一句话。他说，一辈子说错一句话就够难过了，不敢再说错第二句。

和蓑依聊聊天 6

——迟来的爱

蓑依,有一天我突然意识到,自己已是将近三十的人,才发现以前不想谈恋爱,希望后面能自然地出现对的人,想不到爱情来得这么迟,身边的朋友都结婚了,甚至有的小孩子都上小学了。人生必经的阶段,难道真要将就一个结婚吗?

蓑依答:

亲爱的,我应该和你是差不多年龄的人,越长大,我越发现,我们习惯于给自己的衣食住行制订规划,习惯于给自己的职业制订规划,也习惯于给人生设计一些方向,唯独不会给情感生活制订规划。在我们很多人的意识里面,好像爱情只和缘分有关,爱情是自然而然的,不但和规划没有关系,而且如果一个人一旦规划起来,就好像蛮有心机的样子,不让人待见。

但现在在我的认知里面，爱情一定是要规划的，这个规划，其实意味着你把爱情真正当成你生活中的一部分，你真的放在心上。

我经常听到姑娘们感叹说：当时我年龄小，不懂事，如果那个时候，我意识到他喜欢我，我一定会好好和他谈一场恋爱的。这种情况在大学的时候，非常常见。因为你不把爱情放在心上，所以会对对方为你所做的一切熟视无睹。也许有人辩解说：你不注意他，就是因为你不够爱他。不不不，这只是很小的一部分原因，很多女孩子就是"蠢萌蠢萌"的，把对自己好的男孩子当哥们儿，处着处着就散了。

我有一个很酷的女朋友，她非常明确地知道，自己一定会结婚，并且一定会要孩子的。所以她给自己制订了一个结婚时间表，三十岁生孩子，二十八岁结婚，所以要在二十六岁左右遇到可以结婚的人，所以就要在二十三到二十六岁这三年的时间里面，好好谈恋爱，享受谈恋爱，并且每次遇到品质比较高的朋友，她都会一本正经地告诉对方：老娘我二十八岁是一定要结婚的人，你们身边有合适的男人，就介绍给我啊，小奶狗啊，老狼狗啊，都可以。果然，她在二十七岁的时候就结婚了，老公就是身边的朋友介绍的，二十九岁的时候生下了宝宝。她的观念就是"老娘一定是要结婚的"，就像"我是一定要工作的"一样，当然要像到处嚷嚷着"给我推荐个职位"一样，叫嚣着让人"给我推荐个合适的老公"啊，这有什么丢脸的，反正将来的老公是自己的。

所以，亲爱的，不管你现在是二十岁，还是三十岁，还是四十岁，开始对爱情有所规划吧，就如同你现在感受到的：想要等对的人出现，但他很可能一直不出现。"等"是无效的，你不会"等"一份工作，你也不会"等"一个朋友，那爱情就更不要等了。当你真的抱着"规划"的心态去面对爱情时，你会发现，你能找到很多通往幸福的路。

然后，我还想说的一个观点是：亲爱的，你之所以一直在等那个对的人出现，其实也有可能是你把爱情看得太郑重其事、太严肃了，好像必须是那个百分百对的人，我才会谈恋爱，要是对方不是很完美，我就果断放弃。对"爱情有洁癖"的人，很多也都会被"剩下"。

我是一个特别享受恋爱状态的人，恋爱的美好千金不换。而且，在我的认知里面，谈恋爱和结婚是两码事，如果恋爱对象正好是你适合结婚的对象，那当然好，但如果不是，我依然会选择和他谈恋爱。

我曾经问过好几位身边的朋友同一个问题：如果你和现在的恋爱对象不可能走入婚姻，你还谈吗？他们给我的答案都是：还是要谈。之前网络上很流行的说法是：不以结婚为目的的谈恋爱，都是耍流氓。在我年轻的时候，特别相信，但是现在我反而不信了。谈恋爱就是谈恋爱，每个人全情付出，对彼此真诚，如果因为某些现实问题的确没办法结婚，那就不结婚呗，不是所有的恋爱都要指向婚姻的，这么重的"锅"，恋爱不背。

我觉得你一直在等那个对的人，可能也是在等那个你一见钟情，看他第一眼，就知道会和他走一辈子的人吧。这种情况，存在吗？应该存在吧，但是在我身边，没有一个。这种情况，既然是"小概率"事件，那就不是正常的情况。在年轻的时候，多谈几场恋爱，好处远远多于坏处。

最后，我想和你分享的是：亲爱的，我不赞同你所说的婚姻是人生的必经阶段。不，它不是必经的阶段。我为什么要强调这一点，是因为你可以把它认为是你的人生必经的阶段，但不要认为是所有人的人生必经的阶段，你要知道，这世界上有很多人是自愿选择单身的。如同最近比较火的一句玩笑话：你要好好赚钱哦，不然你是要结婚的。现在越来越多的年轻人，自愿选择晚婚和不婚，这是非常常见的。

我很害怕出现的一个场景是：你觉得婚姻是人生必备，就想当然地觉得所有人都应该结婚，如果有个人不结婚，是她没人要，而不是自愿选择的。这种认知和观念的改变是非常重要的。你有了这样自由选择的观念之后，才会有不想要结婚的时候，不觉得自己"不正常"，不觉得自己"特殊"，才会勇敢遵从自己的内心。

我今年二十八岁，也还没有结婚，这是我的选择，也是我规划之中的事情。所以我不羡慕身边结婚的朋友，也不羡慕他们的孩子都上小学了，因为我知道，早晚有一天，我也会过上这样的生活，而一个人自由奔跑的生活，一旦失去，就再也回不来了。因为这一点点自私，我愿意承受来自周围的各种催婚，这是自由应该付出的代价。

YAOMO → YONGSU , YAOMO → GUDU

→
YAOMO　YONGSU
、
YAOMO　GUDU
　　　→

第七章

我为什么不想做个普通人？

●
●
○

要么庸俗，要么孤独

我为什么不想做个普通人

蒋方舟去《奇葩大会》讲述自己的"讨好型人格"，听她讲完之后，蔡康永问她："既然年少成名给你带来那么多的问题，如果将来你有了孩子，你是想要他成为一个普通人，还是想要他成为一个和你一样年少成名的人？"她说："我不希望他成为一个普通人。"你看，即便成名会带来那么多的麻烦和不方便，我们还是愿意做特殊的那一个。

我一直给我身边的朋友讲：你一定要坚信你是特别的存在。如果你自己就认定自己很普通，一生不会有什么作为，那你的一生真的就会这样。人生很多时候是你相信，它才会存在，信念感非常重要。有些人也许会说：蓑依，你不也是个普通人吗？是啊，也许在你们眼中，我是一个非常普通的人，书也没有卖到过百万，也没有成为全国知名的电视人，可是在我心里，我从来都认为自己很特别。

过年的时候，和很多年没见的高中同学聚餐，我第一次听到他们对我的评价："你在高中的时候，就很不一般，做人做事的方式很特别。"那个时候，我历史经常接近满分，有次在市级的历史考试中，貌似还考过全市前十，同学都很惊讶，问我为什么历史成绩这么好，我说：凭感觉。他们觉得我显摆，不说实话，但到现在我还清晰地记得，我就是凭感觉，除非历史史实类的。这也导致后来我感觉不行的时候，历史也考到过全班倒数。

其实，我感觉到自己的特别远比高中要早很多。说来也许好笑，我上小学的时候，数学就特别差，不是一般差。二年级的时候，全班同学都背下了乘法口诀，就是我背不下来，无论我怎么努力都背不下来，就在门口被罚站；三年级的时候，我还在算类似"3+5＝"这类题目时出过错，100分的题目考过十几分，老师拿着试卷在讲台上讽刺地挖苦我，我当然心里非常难过，但同时，我也开始意识到：也许我和别人是不一样的。

这个节点非常重要，重要到我现在回想，它是我人生中最重要的一个转折点，比出版第一本书都重要。如果是别人，只会难过，只会怀疑自己：我是不是就是很笨？但我想的是：我好特别呀，有种傻傻的自信，甚至相信老天一定给了我特殊的使命。接下来我要做的事情就是去验证这个特别。

同样是三年级，教育局来学校检查学生背诵课文的情况，我背得最多，而且在背不下来的时候，还能临场改编，胡编乱造自己心里的故事；四年级的时候，背诵古诗大赛，我是全年级第一名；五年级，我在草稿纸上写完了人生第一部长篇小说《新年》。这一件件事情，验证了我就是特别的。因为相信我是特别的，所以大学即使我进了一所很普通的学校，我也认为一定可以出人头地。我开始写博客，用两年多的时间，写到点击量200万。那个时候，我的很多同学连电脑都没有，也根本不知道博客是什么。

因为相信我是特别的，所以在我正式写了四年之后，我觉得一定要出书，所以想了各种各样的办法出书，甚至连给人代笔都想过了。也就是在这种渴望当中，我费尽周折，出版了人生第一本书。

因为相信我是特别的，所以考研究生的时候，我要考北大，要考就考全国最好的学校，第一次失败之后，我并没有怀疑自己，继续考，然后第二次失败，第二次失败之后，因为相信我是特别的，所以哪怕把我调剂到任何一所学校里面去，我也可以做得很好，于是，我接受了调剂。

因为相信我是特别的，本来可以在硕士毕业后很顺利地在杭州做一名老师，过上小资的生活，我却选择了去做自己心心念念、喜欢的电视行业，我相信我可以，因为我特别。

"相信自己特别"在最开始的时候，一定是盲目的，那个时候，你并不是真的相信，心里也会没有底，但是在这个相信的过程中，你慢慢发现，因为这个相信，很多事情都成真了，而这个成真，又反哺你，让你相信自己就是特别的。

我出生在一个很普通的家庭，一个很穷的乡镇，毕业于一所很普通的学校，长相身材都很普通，相比较别人而言，我大可放弃自己，接受自己平凡的生命，因为我没有一个地方是闪光的。但是如果你傻傻地相信自己就是特别的，你会发现你很多灰暗的地方都开始闪闪发亮，你开始变得不普通了，连你的家庭、乡镇、学校和身材长相，也开始变得不一样。

最重要的是因为相信你是特别的，所以你可以做任何你想要做的事情，不用去理睬别人的目光，你只需要遵从自己的心。你可以三十五岁不结婚，你可以选择不要孩子，你可以四十岁的时候去国外读博士，你可以工作一年就辞职创业，你可以六十岁的时候放弃一切周游世界，你可以和一个一无所有但你深爱的男人结婚。

因为你是特别的，你所有的选择理应和别人不一样；因为你是特别的，所以你必须让自己更加快速努力地奔跑，以便这个"特别"可以维持得更久一些。

而且，你知道吗？如果你选择做普通人，也请做那个自己选择做的"普通人"，一定是要经过"众人眼中的普通人——你是特别的——你自己选择的普通人"这三个阶段。都没有做过"特别"的，那不是普通人，充其量只能称为：众人。

不要再说我就是很普通了，你普通，是因为你相信自己普通，就像那节数学课，如果我依据成绩就相信自己是笨蛋，就是不聪明，那我现在应该是在老家"老公孩子热炕头"了。我相信你是不普通的，希望你也相信，但前提是，你足够努力，足够积极，足够对自己狠。

有一种捷径，叫随时上场

　　每个电视节目导演心中都会有"万能人选表"。所谓的"万能人选"就是你交给他的事情，不管任务多么紧急、多么难，保证不推托，保证完美完成。很久之前我看台湾电视节目主持人张小燕的材料时，她自评：曾经很长一段时间内，她是"万能替补王"，每场节目录制她都去，尽管没有她的通告，想着万一有什么意外，她可以随时上场，保证节目顺利进行。

　　后来，我在很多名人的采访中，都看到了这样的经历，明星从跑龙套开始，场场必到，就为谋求一个机会的事就不必说了，太多了。一个三十几岁已经在某上市公司担任高层职位的朋友说起的一件事，让我印象尤其深刻。他说刚工作时每个月只有三千左右的工资，但他愣是租了一个月两千多的房子。他当时找房子的唯一条件就是能够在十分钟内步行到公司。公司是在靠近市中心的地方，房价奇高，两千多只能让他住一个老小区的一个小单间。他拿照片给我看，漆黑一片，几乎没有光线。

我"戏谑"地问他："你这样做，真有用得到的时候吗？又不是每天都有紧急的事情发生。"他点点头，的确在半年的时间内，从没有发生过一件需要他紧急处理的事情，他这种租房唯一优势的就是每天提前两个小时到公司，晚上是办公室最晚一个回家的。这样做的好处是领导开始在近千名员工中注意到他。他"戏谑"地说："人家凭能力可能一两年才能让领导注意到，而我凭借早到、晚归，不到半年的时间，就让领导记住了。"

半年后的一天，他接到领导的电话，说有个什么问题必须五分钟内赶到公司解决，他穿着睡衣，三分钟跑到公司，完美解决。第二天，他就升职了，升职理由是：领导在给他打电话之前，给几十个人打了电话，没有一个人可以做到，支支吾吾地找理由，而他二话不说，还提前完成。这种"应激"情景中的信任，太珍贵。领导以后遇到什么事情，第一个想到的就是他，而他不再仅仅凭借自己住得近的优势，全力展现自己各方面的能力，三年后进入中层，六年后进入高层。现在他买的房子，依然可以步行到公司。

每个人都想更快地被人看到，其实，想要达到"更快"最高效的方法就是最慢。军事上所讲的"养兵千日，用兵一时"就是这个道理。我们随时等候上场，只要对方给我们发出指令，立即出发，没有任何理由。先把自己打造成一个"万能替补王"，距离成为"万人迷"的日子就不远了。

我是一个特别喜欢喝茶的人,一天不喝就会心情低落,到新公司后的第一件事是先看看公司里是否提供茶叶。同事告诉我:之前公司是有茶的,因为有时候来访嘉宾不喝咖啡,想喝茶,但用完了,行政那边还没送过来。了解到这些后,我带了两盒茶叶到公司,一盒是我喝了好几年的一种小众茶,一盒是价格稍贵、口味普适性更强的茶,想着也许哪天就用得上。

根本就不用等,没过两天,一位老先生来访,提出想喝绿茶,领导在办公室问谁有,我赶紧拿出来,让所有人一惊。老先生是识茶之人,连连夸这是好茶,领导转告我时,脸上满满的笑容。

我们做这些不是为了多么实用的目的,只是想通过这样的小细节,让同事们看到你的用心,知道你是一个不用提醒,也会做好准备的人结果就是大家会多一分信赖,愿意交给你更多的任务,你也能成长得更快。

同时,我也发现,不管是张小燕也好,我那个朋友也罢,还是那些随时候场的龙套演员,他们还有一个共通点就是热爱自己的工作,不会觉得工作上的事情和自己无关,不会去想:为什么别人不做,我却要这样做,我是不是会委屈?工作之后才真正感受到:一个人的成长,有赖于你对公司做出的事情。对公司做的事情越多,你的自我成长越快。成长从来都是一个人的事情,不能比较,所以抛开同事的眼光,希望你借由公司这种路径,把自己打造成更好的自己。

那个懂事的年轻人，我好喜欢你

我在《开讲啦》工作时，很大一部分的工作就是在全国的高校中精选优质的大学生，来节目中做青年代表。有一天，我和一位做金融的朋友一起吃饭，他突然问了我一句："你面试了这么多人，觉得那些优秀的青年代表有没有比较共同的特质？"我没有直接回答他，而是给他讲了一个故事。

我做的一期节目是某知名大学的校长来做嘉宾，那么在那所学校中，寻找一个学生来做青年代表，和校长对谈，就成了必不可少的一环。我平素和那所学校没有任何交集，也没有朋友是那所学校的，所以我只能用最笨的方法——通过他们的网站找到校长所教专业的办公室电话，打过去。

接电话的不是老师，而是学生会的学生。我说明来意后，他很官方地说会转达给老师，然后我又聊家常地对他说："你在学生会工作，肯定综合素质不错吧，你可以来做我们的青年代表，或者介绍你们的同学过来呀。不通过老师去找也可以的。"他依旧平静地说："我尽力。"我心想：好吧，人家可能没有这方面的热情，那就算了吧（为方便后面的讲述，我们暂且叫他小林吧）。

过了几分钟，一个男生打电话给我，说是小林的同学，看到小林在群里发的信息，赶紧过来找我，他想上节目，然后花了大约三分钟的时间给我讲他所看过的《开讲啦》以及对它的理解。三分钟结束，我说："嘿，小伙子，你激动得还没有说你的名字和班级呢。"他这才告诉我："我叫小陆，刚刚读大一。"我心里其实是咯噔一下的，才上大一，能和校长聊什么呢？我们加过微信之后，我就暂时把他晾在一边，继续看看有没有更合适的。

还算幸运，很快我又找到一位校长的博士小张，据其他同学说，这位男生综合素质很高，颜值也高。于是，我就和他聊，发现他很有上节目的欲望，却什么都不想准备，任由我安排。可是即便我是做导演的，也希望对方是个有思考能力的人啊，我们可以碰撞出好的观点，但不能全权由我负责。

既然已经联系到三位候选人，我就心里有数了，不用那么着急了，之后的一个星期，我就把精力转移到找其他方向的青年代表上去了。于是，三个人的"较量"开始了。

我时不时地给小林发微信："你有没有帮我问一下老师啊？有没有把我的联系方式给老师啊？"他一次都没有回复。

我对小张博士说："你想到什么好的探讨角度，随时联系我，无论好坏，我们可以基于你的思考来商量。"然后一条消息也没有收到。

小陆来了，今天发给我三个问题，明天发给我五个问题，有什么我很忙没有回复，后天他会发八个问题过来，终于有一天，他有点坐不住了，问我："姐姐，我到底有没有机会啊？"

我趁着去北京出差的机会，让小张和小陆去录影棚和我见面（因为小林在这期间从没有联系我，所以我自觉放弃）。小陆提前一个小时到了，等小张博士到时，他自己找不到路，我说"我去接你"，小陆说："姐，你忙吧，我去。"

面试的时候，小陆又给了我几个新问题，看得出来，他真的是绞尽脑汁在想，虽然想得越来越不合适。而小张呢，依然是问什么答什么，没有任何自己的想法。如果不是因为他是博士，和嘉宾更为熟悉，也许我不会让他来面试。

最后，我果断地选择了小陆，他开心极了，因为在他看来，我会选择那位博士，毕竟他才上大一嘛，无论从阅历还是和嘉宾的亲密程度上看，他似乎完败。

录制的时候，小陆和其他五位青年代表一起来。我忙得底朝天，而他一直在我身边，"姐，我帮你去拿吧""姐，我跑得快，我去吧""姐，你放心，交给我"……他似乎不是来录节目的，而是为我打杂的。

节目录制得很顺利，他表现超好，节目播出后，他的那段视频被全校疯转，他也成了名人。他发来短信告诉我："姐，太感谢你了，给我这次机会。"我说："我要感谢你，同时，你要感谢自己，这个机会完完全全是你自己争取来的。"

就在这段视频被疯转的时候，小林终于给我回信息了："啊，小陆真的去上节目了！他都能去，我也能去啊，下次让我去吧。"我看不下去，没有回复，他继续发信息："啊，你把我拉黑了吗？你怎么是这样的人啊？"

三个人，一个是学生会主席，一个是博士，而最终在这场竞争中胜利的是大一的、一无所有的小陆。他能力可能没有学生会主席强，学识可能不如博士，可是我愿意帮他，并且不止这一件事，我想以后如果他遇到问题来向我寻求帮助，我依然会义不容辞。

不为什么，只因为他懂事。而这个"懂事"，很多人根本不知道它到底是个什么东西。

那些失去机会的年轻人

最近我每天的工作就是为某演说类节目找选手,各种各样的选手,不怕你奇葩,就怕你没特点。在整个过程中,最有惊喜感的是给选手打的第一个电话,因为在这个电话中,我约莫就能知道对方的性格、声音特点以及对这个机会是否渴求。

一般情况下,他们对机会的态度分为四种:

第一种是:"哇,这么好的机会啊?虽然我之前没有看过节目,但是我马上找来看,另外,你有什么需要我配合的,直接给我说。"于是,你给他发表格让他填,他一定在一小时之内发给你;你说约个时间采访呗,他回答:"不用约,我随时有时间。"

第二种是:"哇,这么好的机会啊?可是,一方面我还没有看过这个节目,另一方面,我真的对演讲很不自信。""我们看重的是你的故事，只要你把故事分享完整就可以了。""可是我没有讲故事的能力耶，要不，我再想想吧。"这一想的结果就是今天告诉我：我想上节目；明天告诉我：我还是不去了；后天又说：我想了想还是去。

第三种是："你们这个节目是有比赛性质的啊，我不去，我讨厌比赛。"一般这种人都是自认为有点名气，但是名气在"告诉十个人，最多两三个人知道"的范围内。

第四种是："你们节目有通告费吗？""没有。""那我不去了"。

作为一个每天在这四种态度中浸泡的人，每次遇到第一种人时，我都恨不得对他说：下班后，喝一杯吧，喝一杯就是朋友了。对于第一种人，如果他的能力只有40%，我一定想办法把他的能力展示到80%，不然我会觉得自己的工作没有做好，没有充分挖掘他的特色。有些特色和故事是潜在的，他本人可能浑然不知，需要有人发掘，这就是我的工作，完不成，我会愧疚。

但如果遇到第二、第三、第四种人，如果你一开始给了我这种态度，之后你再来，凭良心讲，我未必有意愿花费双倍的精力去开发你，尤其是态度阴晴不定，一会儿来，一会儿不来的人，我连搭理的心都没有。

很多人都是活在自己的臆想中的。他们会觉得：如果我不上你们的节目，你们的节目就找不到我这么好的人了。大千世界，想要红、想要出名又优质的人很多，从来不缺，只不过是因为工作不结束，我们就一直要去找，当然越多越好，越多竞争越激烈，但不意味着缺了你、缺了他，这个节目就没办法录制。

所以切记，在机会面前，只有一种东西就是竞争，先把机会握在自己手里。在这个层面上，我很喜欢《中国式相亲》的一个环节，五组家庭中，只有三组家庭有选择的机会，其他两组家庭如果手慢，把按钮按坏，也还是没有机会。这就是活生生的现实，机会在你面前，你差一点，就永远失去了。不要安慰自己是缘分没到，很多时候，就是你的性格、习惯、能力让你无法做到迎接机会。不是上天安排，就是人为制造。

我是一个做事讲求效率的人，尤其在工作中，如果对方不能为效率加分，再好我也不客气。

有一天，我和一位做特殊职业的女生聊天，我告诉她："你长得非常漂亮，而且有故事，如果来上节目，效果会不错，就看你有没有意向了。"她说："好激动，好激动，我有意向的。"后来，我发给她一个表格，她两天没回复；我让她给我录段视频，她拖了又拖。

终于在她挑战了我的底线后，我问她："你说实话，到底有没有想要来的意愿？没有的话，我可以直接去找同类型职业的人代替你，不要浪费双方的时间。你不来，我也尊重你，只是如果一直这样拖沓，我觉得对谁都没有好处。"她马上回复说："我想来，想来的。"然后，不到一个小时的时间，对方既给了我表格，又给了我视频。

如果不是因为很看重这个女生，我连这种"威胁"的话也不用说，直接就不搭理了，你不搭理我，我也再不搭理你，合情合理。我就是想不明白，为什么等到别人撂了狠话，你才会想要奋起直追？

每个人都在说"要抓住机会"，但是通过我的观察，在机会面前，真的只有很少的人会第一时间抓住，更多的人是在犹豫，殊不知，你犹豫一点，错失机会的可能性就大一点。

我回想起自己生命中的几个转折点，都是和我抓住了机会联系在一起，当然，也有可能是因为抓住了机会，它才可以称之为转折点。

上大二的时候，《中国诗歌》杂志举办夏令营，在全国选十位青年诗人去参加。那个时候，我刚开始写作，写的诗歌并不满意，所以当我得到参会通知的时候，完全不知道是怎么回事。我就跑去问我们学校最厉害、最令人崇拜的文学老师，他的回复是："千万不要去，这就是一个骗局，你才写了多少，怎么可能有这种机会？而且我还没有听过《中国诗歌》杂志。"

我从老师的办公室回来，直接买了去武汉的机票，当时火车票已经卖完了，我花费了一个月的生活费买了机票，然后把我的诗歌一页一页地打印出来，用针线装订好，带去了武汉。于是，我认识了一大群诗人朋友，于是，有了我的诗集《野核桃》的出版。

后来，我又陆续参加了《都市时报》的青年记者夏令营。当时在读大三，辅导员不答应让我去昆明那么远的地方实习，担心我的安全，我每天都要哭着去请求老师，他看我可怜，让我写了保证书才答应我。这次实习，不但让我有了一位影响我一生的"忘年交"，而且也直接导致我的媒体理想的形成。到现在，我还觉得，那几个月的实习就是我的"黄金时代"，一切都是完美的，一切都很理想，一切的一切，都想让我回到那个时候。

所以，如果哪一天有人给你打了电话，在你验明他的真实性之后，请马上接受，全力配合，不管在这条路上你能走到哪一步，收获都是你的，你只有财富，没有损失。

"鸡血"是一种体质

这些年我看过很多的韩剧,有时候为编剧的巧思击掌,有时候又为其中的爱情故事哭得死去活来,但只有《迷雾》这部韩剧,给我一种别样的、少见的体验(当然,烂尾除外)。

剧中的大女主高慧兰,是一个气场超强的女人。有人喜欢她"衣架子"的审美,有人喜欢她的敢和狠,即便被步步紧逼,也能化险为夷,打人耳光。对于我来说,她吸引我的是另外一种东西——原来世上还存在这种人啊,原来一个女人可以活出这种样子啊!尽管她是电视剧中的人物,那又怎样,她给我开了一扇窗,让我看到了不同状态的人生。有时候上班前看上一集,走在上班的路上,都会让我觉得脚底生风,力量满满。

我把这种感想说给朋友听,朋友出其不意地反问了我一个问题:

"亲爱的，你也需要喝'鸡汤'吗？"这个问题问得好。对于我这种自产"鸡汤"的人来说，很多人可能认为不需要再喝别人的"鸡汤"了，其实不是，尤其是年龄越大，越觉得自己凭借以往多年积累所维持的"鸡血状态"已经不够了，需要喝很多其他来源的"鸡汤"才能勉强生存。

首先说个前提是我必须承认，有些人就是对"鸡汤"过敏，我最好的朋友就是。他颓、丧，可以写几十万字的小说，但是一句"鸡汤"都写不下来。有一天，我和他开玩笑说："好纠结，是要选择一条累的路，还是一条容易的路？"他毫不犹豫地说："还用想吗？当然是容易的喽。"他的梦想就是等合适的时机，从北京辞职回家种地或者养猪，按照自己的意志去生活，不奋斗时就无所事事，想赚点钱的时候就拼一拼，仅此而已。

而我和他正好相反，我天生热情高涨，是那种你比我厉害一厘米，我得用尽全力去比你厉害一米的凶狠少女；所有的事情都往正面去想，偶尔消极，但不允许自己持续耗费，甚至觉得我一辈子都要在与自己的抗争中度过了，就是不让自己舒服，和自己过不去。

那天算塔罗牌，占卜师说："你前四十岁是个隐士牌。"我看到那张牌的瞬间，惊呆了：一个裹着棉袍的隐士，提着一盏灯，背景是纯净、寒冷的蓝色。我的第一个感觉是好冷，然后是好孤独，最后心里一热，变成了好温暖。有些人也许天生就比别人多带一个小火炉，你得持续保持高温，才能维持正常运转。我接受这样的设定。

"鸡血"体质或许是上天给你的，但是供给它的营养，需要长年累月的输送，当自己的容量不够的时候，只能从别人那里"偷来"。

我第一次急需"鸡汤"是在高中的时候,严重偏科的我,为了让自己的成绩维持在上游水平,三年的晚上基本没怎么睡好过,长期失眠。那个时候,身边的人已经不能给我能量了,毕竟有竞争关系,所以我就找了很多励志、心灵成长类的文章来背,想着肯定对作文也是有帮助的。每天早自习的最后半个小时,我就一篇篇地背,到现在还能随口背出几句,有点类似于"疯狂英语"的感觉。

那个时候,我对"鸡汤"的理解,是美好、有力量的句子,觉得记下来了,自己也变得厉害了。后来,我对"鸡汤"的理解就变成了要看到热血、特别拼、爱挑战自我的女人,必须是活生生的人,如果她们出身底层,依靠持续不断的努力,蜕变成精彩的模样,那再好不过了。那个时候,微博兴盛,我就在微博上建立了一个"分组"——榜样女性,每天只关注她们的微博,刷她们的微博,看她们在看的书和电影,参加她们参加的活动。这个分组依然存在,只不过现在刷得越发少了,而且里面的人也已经迭代了好几次,早已不是最早的那一批。

最近这些年,我需要的"鸡汤"不再是那些美好的句子,也不再是和我同质化的女性,而是那些挑战我三观的"鸡汤",能够帮助我重建思维体系的"鸡汤"。

举个很简单的例子:高慧兰和我是很不同的两种人,如果在以前,我可能只是对她稍微有好感,并不会特别喜欢,因为不同质嘛,但现在我特别欣赏她的恰恰就是"不同质"。

要去做一条挽回事业的新闻,还是参加妈妈的葬礼?她选择了去抢新闻;能和一个不爱的男人一起生活吗?她说可以;一个多次有嫌疑人记录的人，可以去奢望青瓦台吗？她坚信可以；再成功的媳妇，也想要讨好自己的公公吗？她就是这样做的。

一个不断挑战我的三观、带给我反思的人，是我现在的"鸡汤"。她并不需要热血，不需要拼搏，她甚至可以很颓，很偷懒，在道德上有瑕疵，只要她不同，她带我去探究人性的黑暗，带我去感受道德的边界，让我知道：这世上的人有千千万万种形态，丰富到我可以按照任何我想要的模样生活，有千千万万种可能性。这种拓展认知边界的东西，就是我现阶段的"鸡血"，如果遇到，我会一饮而尽。

杨丞琳因为"五年不洗牛仔裤"的新闻被刷屏，可是我很喜欢。她说，这个世界上有些人就是会这样：跟你不一样，你就认为是错的，只有跟你一样才是对的。这种心态大到可以反映在性取向上，小到可以反映在牛仔裤洗不洗上。我喜欢这个争论，牛仔裤当然可以五年不洗，到底是什么让我们认为牛仔裤要勤洗，必须勤洗呢？去思考这个问题，就是我今日要喝下的"鸡汤"。

我曾经也对不同性取向的人排斥，到现在我有一个特别珍惜的"gay 密"，我花了好几年的时间，才知道我排斥的源头在哪里——被无意识的强制灌输。

蘘依，你还需要"鸡汤"吗？——我靠"鸡汤"活着。

你不是什么问题都能解决

　　我和一位算得上是公众人物的朋友一起吃饭时，聊起关于我们的微博都已经成为"树洞"这件事。每天都会有很多人私信我们各种各样的问题，有些问题确实很难办，但大部分问题其实都特别简单，你随口告诉一下你的闺密或者姐姐，都可以解开。如果你花很大的力气打字给我们，不但信息不会像口述一样完整，而且我们未必能够在几天之内给你回复，何苦呢？

　　我们讨论来讨论去，大致有两种解释：第一种是我说出来就爽了，就算解决不了，甚至不需要你给我解答；第二种是不愿意和认识或者亲近的人说，担心万一传出去，被更多的人知道怎么办？与其相信认识的人，不如相信陌生人。当然也有一部分人可能是因为觉得所谓的小有名气的公众人物会一针见血地指出问题所在，比普通人能给予更好的建议。但事实上,我觉得朋友你多想了。公众人物也是普通人,而且世间的道理和解决问题的方法就那么多,自古就有,不会有什么新意的。

直到最近,我看到一个读者给我的留言,她说了这么一句话:"蓑依,我之所以想要告诉你,不是因为我没有好闺密,而是我这个人向来是在别人面前表现出我什么问题都能解决,个人生活都处理得很好的状态。可是,我是需要有人听我倾诉的,但在闺密那里我已经张不开口了,既定状态已经有了。"原来,还有一种人找陌生人倾诉是因为她在认识的人里面,被看作是最强的。

看完这段话,直戳我心。最近一年多,我一直在做的一件事就是示弱,就是主动打破自己很强、什么都能做的设定。从小在小县城长大,靠自己的努力,开始出书、做电视之后,我发现连我的父母在内,都觉得"我的女儿真的特别优秀,仿佛只要真心想做没有做不成的事情"。所以,我家叔叔买机票找我,婶婶家的弟弟想要来北京工作找我,甚至嫂子家还在上幼儿园的小姑娘想要学跳舞,也要找我。无数被求救的瞬间,让我明确感受到:我在他们心目中几乎无所不能,对于我来说根本不可能办到的事情,他们会觉得于我而言只是小菜一碟。

可是,只有我自己知道,我只是一名在电视行业打工的普通人,出书这件事不会带给我任何特权,我要找工作也得发简历求职,我想发表文章也得经过一层层的筛选,哪些选手能上节目必须整个节目组说了算,我只有建议权,没有决定权,普通得不能再普通,微弱得不能再微弱。任何一个在"北上广"被称之为 Andy、Faye、Tom、Lance 的人,他们虽然学会了赚钱,学会了照顾自己,但他们依然是你看着长大的毛毛、花花和红红。

我曾经写过一段话：只要你不说，就没有人知道你是否过得辛苦，但有些时候，需要让人知道你的辛苦，不管是工作上，还是情感上，不管是普通朋友还是亲人。他们有机会知道后，才不会对你提过分的要求，或者说在提要求时会犹豫一下。你必须告诉他们你真实的苦楚和弱点，不是需要取得他们的同情，而是让他们意识到你没有那么强，那么完美，太多的事情你根本处理不好。

谈恋爱的时候，男朋友一开始觉得我是女强人，对我有一种"敬而远之"的感觉，当他后来发现我也对工作有抱怨，不会做饭，家里也会弄得乱糟糟，不认路，会哭、会闹、会不讲道理，有时连自己都照顾不好，他才觉得应该坚定地试一试。呈现真实是最没有负担的，不用担心被神化，反正最差也就这样呗。

我对这种被别人"神化"的事是特别恐惧的，所以当我看到有人还自我神化，自我包装成一个很强、很潇洒的人时，不禁悲从中来。没有人可以一直很强，也没有人什么问题都能解决，如果你苛求自己有这样的呈现，总有一天，你会弱得不知所措。

今年春节，好朋友讲了一个真实的段子。有一天，她的一位亲戚见到她之后，就惊呼："姑娘，你怎么长胖了！"她也不甘示弱，干脆利落地回了一句："我挣钱多，吃得好还不行啊？"事实上，她心里比谁都知道自己那点工资在北京根本过不好。我开玩笑地说："必须吃得好啊，每天都吃馒头能不好吗？"

当然这只是春节用来对付七大姑八大姨的段子而已，但是也反映了我这个好朋友一直以来都非常强硬、要强的风格，在工作上遇到类似的事情，她也一定用"老娘完美，你管得着吗"的态度把别人噎个哑口无言。在那个当下是爽了，但是长此以往下去，你的"完美人设"就有倾倒的可能。

伤口、伤疤、弱点都是一个真实的人的必备要素，不要藏，让它呈现在阳光下，暴露，然后痊愈。和小伙伴们一起读作家黎戈的《私语书》时，有人问我：书中说生命之美就是杂质之美，从来也不会爱上一个非常英俊的男人，觉得他们乏味，说她总是爱上各种优缺点都有的男人，比如难听的口音之类的，这要怎么理解？

想必此刻你已经理解了。残缺让人真实，而真实让人有安全感。在大城市生活的人，习惯了把自己包裹得紧紧的，生怕有人乘虚而入。事实上，你给别人留一些缝隙，你所获得的温暖会更多。女生想要尽力在喜欢的男孩子面前表现完美，可是如果你已经完美了，那还需要男孩子做什么呢？给他一种不被需要的感觉，只会让他自觉远离。你无法做到在职场上左右逢源，甚至作为学生的你，连寝室里面六个人的关系都处理不好，没关系的，如果形形色色的人都可以摆平，那不是人，而是具有超能力的神。

所以，打开自己，没有什么既定的关系，一切关系都是流动的，你强我弱，我强你弱，互相取暖，这才是友情或者说一切情感关系的常态。如果你觉得示弱的姿态很不好看，那我想说：逞强的姿态更可笑。

愿你保持一些委婉曲折

我和朋友一起去见一位媒体人，想着如果各方面都很合适，可以合作看看。两个小时的聊天过后，我们两个不约而同地选择了放弃，理由也相当一致：这个人没激情。对于一个想要创业的团队而言，带头人必须有热情，能够传达给员工"燃"的精神。这种激情，不是说让你挥斥方遒地高谈阔论、夸夸其谈，也不是让你风风火火地雷厉风行，而是你必须对自己所做的事情有十二分的自信，并把这种自信让同事感受到。这种"底气"的东西，伪装不得。

在回来的路上，我和朋友讨论，为什么这么一个也算是很有名气、拿过很多大奖的媒体人有这种状态？朋友说："你想想看，他在传统媒体行业工作了近三十年，周围的朋友都是传统媒体人，那是他的'舒适区'，他早就游刃有余了。现在想要进入新媒体，对市场不了解，新媒体方面的资源也不太充足,肯定不自信啊。"

我反问朋友:"如果一个人在某个行业里面做到了很高的水平,在涉足相关领域时,应该也还不错啊?这个'界'跨得又不是很远。"朋友批评我说太小看"温水煮青蛙"的功力。不得其解的我回来后,查找到了这位媒体人相对完整的资料,甚至把他获奖的那些作品都一一找来,进行了比对,结果令我有点震惊。

没仔细找资料之前,我被他的各种名号和获奖经历所折服,等到一一查看之后,才发现他保持着一年一两篇作品获奖的频率,而且随着职位的提高,获奖越发容易,与之相伴的是这些作品十几年如一日,水平并没有很大提高,有那么几年,水平还有下降的状况。

后来,某天和另一位媒体人吃饭,我便问起那位媒体人的情况,这位朋友给我讲述了他的成长背景,最后感叹一句说:"没有比他更幸运的了,二十几年顺顺当当,没有出过一点岔子,做到现在也算是功成名就了。而我呢,去一家报社关闭一家报社,谁都没想到有一天,我也会和年轻人一样,去和投资圈、网红圈、演艺圈的人做朋友。我最开始的理想只是一辈子做一个好记者,现在记者在我的生活中所占的比重很少了,倒是其他方面的事情成了重心,多少有点不务正业哈。"他一边说着,一边摇头,可是嘴角带着骄傲的微笑。

那天吃饭回来,我正好看到有个读者给我留言,问我:"姐姐,你说我现在应该是考研,还是去找工作呢?"以前遇到这种不交代背景的问题,我都不回答,但那一次,我抛开这两个选择,给她回了一句:"还有第三条路,那就是先工作,如果在工作过程中发现还想读书或者对学历有渴求,可以再去读研。"这其中的"先工作"就是先让自己从学校的环境中"荡"开，制造一点求学路上的曲折，你的选择才会更开阔。

事实也是如此。在我读研的时候，和我同一届的学生中，有好几个都是工作三年才来读研的，还有一个四十岁左右的女人，她的孩子已经读高中了。这些人读研的状态和我们这些从大学一直读上来的人很不一样，他们更清楚自己继续读书的目的是什么。

其中一个是毕业后想留杭，所以一进学校，就一边学习，一边在杭州的各大公司实习；另一个是想考博，在研一的时候，就发表了三篇论文；而那个四十岁左右的女人，就是很"任性"地换一种生活状态，每天住在宿舍和小姑娘们一起逛街，看偶像剧，吃冰激凌，活生生一个"第二春"。

我们这些一直读上来的学生，大多数是迷茫的，不知道为什么要读研，也不知道毕业后要做什么工作，每天的生活状态和大学时候基本无差，只有等到毕业找工作时，才对研究生生活百感交集，多有遗憾。

之前的很多年，我很害怕曲折，担心生活不能按照自己预设的轨道往前走。现在我才觉得那种偏执多么可笑，都没有观过世界，就先给自己预设了一个轨道，这才是对自己的不负责任。只是头脑想象中的产物，却拿到现实中，当作一个硬性的标准来引导自己。

所有的曲折，都意味着一个新的方向的打开。如果上天不给你安排曲折的话，你也要学会自我制造。顺当的路好走，但容易越走越窄。宽阔的道路，才会带来丰富的人生。

成年人不要靠猜，靠直给

在第一年的职场生涯中，我唯一的一次和上司发生冲突，是因为她宣布了一个在我看来无法完成的任务，整个团队的人都无法理解，开始变着花样表达自己的不满情绪，不敢说，但敢怒啊。我也一样，领导和我说话，我不吭声；她让我上交任务，我不交；她说交不上，谁都不可以回家，我就不回家，在办公室里待着一言不发。

平时，我可能是团队里面最积极的那一个，但是一转眼，完全变了个人，我猜想，领导一定很清楚我以及同事为什么最近不正常，她心里一定明白，只是不说，不妥协。那你不妥协，我们就继续吧。就这样"冷战"了几天之后，她终于怒不可遏地找我了，把我叫去，质问："这几天这样不配合的态度，几个意思？"我也委屈，一股脑地把对她做的这件事情的看法说了出来。然后，她生气地问："你为什么不早说？"我反问："大家现在都是这样的态度，你想不到吗？"她哭笑不得地说："我手头上有那么多个项目同时进行，哪有时间去关注同事的情绪。我看到你不配合，还以为你和我有什么私人恩怨呢。"不到半个小时的时间，事情解决了。

你看，就连在雇佣关系的职场上，如果敞开了去说，有理有据地表达，问题也能得到解决，更不要说在情感关系上了。职场很冰冷，优胜劣汰强烈，而情感关系，因为有爱和喜欢的底色，让直接的表达更有了可能性。

同事之前有一个国外的男朋友，两个人关系一直很好，虽然异国，但没有时差，也可以互相飞，所以和异地没有太大区别。有时候，我们经常会拿两个人的关系来开玩笑。后来有一段时间，女同事心情很低落，明眼人一看就知道可能是失恋了，这种事也不好过多去询问和安慰。直到有一天，她给我发微信，问我：她男朋友飞回北京待了两天，但是没有来看她，是不是说明他根本没有把她放在心上？她问得我也傻掉了，是啊，从国外飞回来两天都不见自己的女朋友，确实不太合适啊。然后我反问她："你有没有邀请他来看你啊？"她说："我哪能邀请他啊！男朋友来看女朋友天经地义啊。"虽然我想点头，但我还是劝告她说："不然你去问问吧？万一有什么迫不得已的原因呢？"

她没有去问，然后一天天冷战，那边男朋友也是急得火急火燎的，一看就是很在乎她的。男朋友找了很多朋友去安慰同事，都没有什么效果，当他找到我求救时，我旁敲侧击地问了他当时来北京两天是干什么了。他犹犹豫豫，欲言又止，我猜想也可能真的有什么见不得人的事情。我们即将挂掉电话的时候，他说："我想给你说个事情，但是你不要告诉她，我想给她一个惊喜。我前两天来北京是来取回国工作的相关证件的，因为我在中国读的医学院，在国外做的医生，所以需要很多实习医院的相关材料，我那两天就住在医院的走廊里，去'逮'人开证明，直到我去机场的前两个小时，才把最后一个章盖完。"

我再次确认："所以，你打算回国了？"他兴奋地说："我早就想好了，所以之前每次来北京，我都会去面试一家公司，现在遇到各方面都合适的了，就准备回来了，不想和她再异国了。这是我给她的惊喜，你要替我保密哦。"

我心里万马奔腾，还给你保密呢！你的爱情岌岌可危了！一个心里各种揣测着生气，一个想要给对方制造惊喜，誓死保密。我作为一个局外人，怎么做都不合适。幸好，不到一个月的时间，他就顺利地回国了，真的把这个秘密告诉了她，她哭得像被求婚似的。

这样"危险"的揣测和保密，如果没有之前两三年的交往作为信任的基础，很有可能一个"两天飞回北京却不见女友"的小事件，就会成为爱情的死亡密码。何苦呢？爱情里面有太多浪漫机会，为什么非要选择这种需要猜测和隐瞒才能够拥有的一瞬间的快乐呢？有时候，揣测的背后是因为不信任，如果真的信任对方，就直接问过去：你为什么不来看我？也许事情在你来我往的对话中就解决了。

直给并不会让浪漫减少，反而会让感情升温。你和他在街上走，想吃冰激凌，就让他买给你，让他买你喜欢的东西宠你；你想在回京的那天让他去接你，就告诉他：我想下飞机之后，第一个看到的人是你，给他留出时间去做安排，而不要下飞机后没看到他，就觉得他不在乎你；吵架了，不要相信谁先给谁道歉，谁就输了，想道歉就道歉，该断掉的感情不会因为谁先道歉就会继续。

电影《前任3》特别火，接近20亿的票房，说明年轻人对这部剧的感情观还是蛮认同的，我却非常反感，尤其是孟云和林佳这一对。电影一开始，两个人分开的时候，都在渴望彼此能够先张口说话，哪怕不认错，只要说话就好。两个小时的电影，就是两个人几个月的猜测史，处处在考虑对方，却不想让对方发现。最后，电影上升到：一个男人可以在一个女人那里长大，但是两个人未必能走到最后。这句话不假，但是和整个电影的叙事所传递出来的感情观是没有什么联系的，是牵强的。如果两个人都能直给，哪怕就是一两条短信，就有挽回的希望。两个人"作"出来的一个结果，上升到爱情本身，观众不服，觉得装。

年龄渐长，遇到的事情渐多，分散在各处的精力有限，是真的有心无力地面对猜疑了。猜测而不是直给，从根本上来说，还是担心失去所在乎的人和东西，但回头一想，也不过就是失去，不过就是不爱的人不爱了，就算你再隐忍着不说，感情自有定数，该走掉的一个也逃不了。

以忙碌对抗疲惫

我人生中最拼的一段时间是在前不久。一个月之前就已经定好了那个周末要在苏州和无锡开三场分享会，没想到就在那个周五，领导突然安排让我做一期节目的任务，下周二要录，也就是说我只有四天的准备时间，中间还夹杂着这三场分享会。

两件事情都是没办法推掉的，怎么办？硬撑。周五晚上我工作到凌晨三四点，周六早上去苏州，在只有半个小时的高铁路程上还是拿出笔记本工作；两场分享会的间隙写邮件、发邮件，周六晚上睡了一个小时，周日在酒店工作到下午；到了高铁站，找了家咖啡馆继续工作；无锡分享会开始前，还和嘉宾通了一次电话，接着上场；凌晨回到上海，工作两个小时，一早坐上去北京的高铁，高铁上一直工作，没有吃饭。到了北京，同事问我："怎么你的眼睛是红的？"而我生龙活虎,没有任何感觉。

录影结束后,在高铁上睡了很短的一觉醒来,我突然对自己说了一句话:你看,你是可以做到的。我从不推崇熬夜,但是如果时间有限,只能通过通宵来挤时间的话,我觉得应该。

我以为这只是突发情况,事情赶上事情而已,但现在过去一段时间后,我再回想,这次"硬撑"所带给我的,却是习惯上的改变,是老天给我上的一课。从北京回来之后,我没有休假,继续工作了一周,身体其实是不累的。要是按照我以前的认知,既然通宵了几天,累成狗,就应该拿出一两天的时间来休息,但事实是正常上班工作也是可以的,无须单独拎出一段时间来做专门的停顿。

这半年来,我一直在进行从一个学生到职场人的转变,在这个过程中,最难处理的就是如何面对身体的疲惫感。之前在学校,一周可能只有几次课,大部分时间可以自由安排,因为自由,你可以随时休息,现在回想起来,即便在那个时候,我已经觉得自己做得很好了,其实还有太多时间是浪费掉的。工作之后,白天的八小时被工作占据,回家之后只想要躺在沙发上看看剧,或者在床上看看书,任何脑力劳动都不想参与。

工作一两周后,我就发现这样的习惯是不行的,于是强行给自己安排了一项任务:做了一个"和蘘依一起写作"的训练营。三个月的时间,做了两期,二十人左右,也就是说三个月的时间里面,我是没有假期的,无论是工作日的晚上还是周末两天,我大部分的精力都给了学员们,备课和讲课。这样忙碌的结果是它让我过得很舒服,忙碌让生活有种紧张感,以至于我竟然还能够从上班、讲课的时间之外,抽出时间来学习我工作上需要提高的功课，每天兴致勃勃地早起，看上一两个小时的书才去上班。

三个月的训练营结束后，我认为自己应该休息了，于是停止了训练营的课程。刚开始还觉得自己挺享受没有上课压力的生活，可是渐渐地，我发现，整个人开始缺少之前那股激情，尤其是随着天气转凉，越来越萎靡，想要缩在一个角落里吃吃喝喝，什么也不做，什么也不想。

为了对抗这种懒惰的倾向，我签了明年两本书的出版合同。以前我都是写到一半或者写完才会和出版社签，这一次，在开始有写作计划时，我就已经签了，想要给自己压力。因为两本书是属于完全不同的风格，又是同步进行，所以我每天和自己玩文字游戏，让自己时刻紧张、严谨，不能两种风格混为一谈。

就是这样，以忙碌对抗疲惫，是我找到的处理疲惫的最好方式。不是不休息，而是要管理休息的时间，不能让无聊和空虚乘虚而入。我是一个会因为成就感而感到幸福的人，不是一个因为有大把时间可以自由消费而欣喜若狂的人。所以想在年轻的时候，做更多的事情，见更多的人，去到更多的地方，而时间那么有限，动起来，吝啬地规划时间，可能是我们这些普通人唯一的方法。

当我抱着这样一个态度去观察别人的生活时，发现其实太多优秀的人都是这样自我要求的。比如在爱奇艺公司的内部流传着老总龚宇的一个习惯：他每天早上八点会准时到公司，而你也会在每天凌晨一点收到他的邮件，几年都是如此，无一例外。作为老总，大可不必如此打卡，但人家就愿意这样做。

前几天我在上海录节目，撒贝宁从上饶录完另一个节目赶来，在高铁上看的嘉宾资料和台本，用签字笔写了几张纸的功课，下了高铁，直奔演播厅，录到晚上十一点半，而第二天早上六点多的飞机要赶到北京，继续新的节目。同事和他开玩笑："是因为快过年了，才这么忙吧？"他两眼一瞪，惊讶地说："离过年还远着呢！这个录节目的频率就是平时的节奏。"

我见过无数嘉宾下了飞机或者高铁，直奔演播厅，录完节目又匆匆忙忙赶回去工作的场景。我热爱现在的工作，有一个很重要的原因是它让我遇到的都是用劲儿工作、拼命努力的人。

享受生活，并不意味着你要花很多时间去和朋友喝下午茶，去逛街购物，用心烹饪一顿美食。享受生活的前提是你的价值能够在每天都有所实现，你本身是幸福的，然后再借由身边的人和物，把这种幸福的感情落实到最日常的生活中。

因为我出生在小城

前两天我参加一个面试,老总问我:"你为什么想要来上海工作?留在杭州或者回山东,在济南、青岛这样的城市生活不是也很好吗?"我直截了当地回答他:"我是在乡镇长大的孩子,唯一的固定居所就是那个有我父母的鲁西北平原上的县城。如果我不想要在县城工作,那世界各地对于我来说都是一样的,即便是去济南、青岛这样离我家很近的地方生活,它们对我来说也一样意味着从头开始,意味着陌生,意味着必须靠自己的力量扎下根。既然如此,我为什么不选择一座更发达、更具包容性、更具挑战性的城市呢?"

我曾经很羡慕那些从小就生活在一二线城市的人,不消说他们得到的各种生活和文化资源,单单是"有后路"这一条就让我觉得太让人踏实了。当年考研的时候,我和一个在广州生活的好友形成了鲜明的对比。两个人大四考研失败，毕业后，我蜗居在山东的一个县级市继续备考，每日的生活就是宿舍、考研教室，心情不好时就去操场走几圈，那座城市没有电影院，没有咖啡馆，不是我想要闷头学习，而是真的没有其他地方可以去。而她在微博上直播着自己的生活，在家里看书看烦了，就找个安静的咖啡馆，换个环境继续看；周末可以去看场电影或者展览放松一下心情，整个人都是愉悦的。

我当时问她："如果这次再考不上怎么办？"她轻松地说："那就先一边工作着，一边考广州的学校，就不去北京了，反正家在这里。"然后她反问我同样的问题，我坚定地说："我只有考出去这一条路，通过考试去一座大城市，在那里慢慢生根发芽。"当时她特别不能理解我为什么会有那么大的压力：考不上可以去大城市找工作呀。对于一个非重点大学毕业的本科生，一个从没有大城市生活经验的人来说，首先不是怀疑自己的能力行不行，而是对勇气的拷问：敢不敢的问题。幸好最后的结果还可以接受，通过调剂，我来到了杭州，有机会在一座城市从学校开始慢慢融入，缓冲自己的恐惧和焦虑。

研究生毕业时，我想过做自由职业者，朋友各方面给我举例，说："你看，人家××就是辞掉工作，专心写作，现在发展得多好？""你又不是不能养活自己，为什么要让一个公司拴住你？"我回复他们，说："谢谢你们对我'恨铁不成钢'的好，但是只有我知道自己的处境。"他们口中的××和××，一个虽然不是北京人，但从小在北京长大，父母也都在北京工作，他辞了职，依然可以住在父母家，不用出来租房；而另一个是土生土长的厦门人，家里有两套房子。

如果我想在大城市写作，充分利用大城市的资源，那就必须得租房子。如果周围有一些朋友调剂生活还可以，如果没有已经维持的友情圈子，又没有职场所带来的结识新朋友的机会，那生活的乏味和枯燥很可能就会迎面而来。

读者问我的问题中比重很大的一部分是：我考了家乡的一个编制工作，可是我无数次地想，如果这个工作是在省会城市多好。是的，很多时候，我们不满的并不是工作本身，而是地域，是城市。"出生地"会给一个人的一生带来非常大，甚至是决定性的影响，可是面对这个既成事实，我们成长的缝隙在哪里呢？

在不同的城市生活过后，我突然就感恩我没有出生在一座很优越的城市了。"出生地"是幸运场，也会是沉重的枷锁。一无所有时，更能轻装上阵，更能自由选择。我在杭州生活的几年，认识的很多人都是毕业之后就留在杭州，根本不会去想其他城市有没有更好的可能。他们经常说"我就是喜欢杭州"，可是又偶尔说漏嘴——"要是读大学时出去待上几年就好了"。城市提供便利，提供温暖的巢穴，也提供了停滞生长的温床。

每个人都向往"择一城而终老"的生活，但是这句话的重点不是"一城"，而是"择"，是你看遍万千世界后的选择，是你体验过不同区域的人情风土后做的选择，是你爱过恨过哭过笑过之后的选择，不是你待在那里一动不动，被动、天然地去接受一个地方。

我的一个小师弟，武汉人，本科在山东读，研究生时考回了武汉，原因是觉得太不适应山东的生活，还是想回到自己熟悉的地方。我最近一次见他，他告诉我：读博的时候，一定要考到省外去。我劝他说："马上都到结婚生子的年龄了，在老家待着，读个博士不是挺好吗？"

他回答我说:"现在的生活都静止了,在学校里和在家里没有什么区别,没有做学生的感觉了。趁着年轻,一定要到别处闯闯,哪怕不适应,也在回忆起来时,梦里都会笑。"

生活在别处,就算是生活在大城市的人,也有想要换座城市生活的愿望,可是因为太舒适,羁绊太多,往往不能成行。或者换个角度说,任何人对自己出生的地方都有一种挣脱的愿望,人都有一种飞翔的偏执,既然不论生在大城市,还是生在小乡镇,都注定要去外面奔跑一圈,为什么不趁年轻、趁现在呢?

美下去，不要停

我和闺密小青同学"长期异地"，她在我老家，我在北京，所以最近几年只有每年春节聚会的时候，才能见上一面。每年见她，她都会有不一样的变化，前年结婚了，去年生宝宝了，而今年我差点认不出她来。

我先看到的是她的脸，非但不白，还有很厚重的黄色，因为本身就瘦小，更显得营养不良；头发很长，随便扎着，一看就是很久没有理发了，连型都没有了；穿了一件颜色很显老气的外套，里面毛衣的球球一眼就看得到。这和我前几年认识的她，完全不一样。当我质问她"没钱买面膜了吗"的同时，我当然知道她会回答我："唉，有了孩子之后，真的是没有时间和精力去做这些了。"

但是我不赞同，我必须坐下来和她好好聊一聊。生活中，我很厌恶做"人生导师",但是在闺密面前,我愿意做自己厌恶的事情,哪怕她不听,我也要说。

女人喜欢自己,一定是从发现自己的美开始的,第一次买喜欢的内衣,第一次买心动的口红,第一次穿上高跟鞋,第一次染头发,每一个第一次都意味着怦然心动,都意味着你开始接受自己,直面自己的美。

而女人放弃自己,也一定是从放弃变美开始的,放弃对体重的控制,内衣的尺码不合适了也不换掉,不再积极地去敷面膜,连出门的衣服都懒得搭配了。纵然你有工作忙的理由,你有家庭任务重的借口,但是这些"理由"和"借口"是虚假的,它们真正的意义其实是动力所在。

我们电视行业忙起项目来,黑白颠倒都是常态,我为此还曾一个月没有来"大姨妈",可是在这个行业里面,我见过太多精致且漂亮的姑娘,越是通宵,第二天越是要化好妆,搭配好配饰,出现在录影棚里。我们是幕后工作者,不需要出镜,但是很少有人不顾自己的形象,因为我们会觉得:你即便是在幕后,也是整个流程的一部分,要和整个电视呈现的气质搭配,很难想象银幕前的人都是光鲜靓丽、金光闪闪的,而幕后的工作人员,每个都是不修边幅、对自己没有要求的人。气质是一以贯之的,幕前幕后不能断掉。

更不要说有家庭要照顾、要看孩子这样的"借口"了。且不说现在网络上的辣妈遍地都是,单从时间成本来计算,也是完全可以见缝插针地完成的,洗衣服的时候敷个面膜是可行的吧?下班回家的路上,抽出半个小时的时间进一家理发店,也是可以的吧?更何况,如果孩子从小看到的就是一个爱美的妈妈，长大之后一定会更容易发现自己的美。

我妈妈那一代人，尤其是出生在农村的人，很少有机会打扮自己，我是到了高中的时候，才知道有化妆品的存在，读初中的时候，连口红都不知道。那个时候读张爱玲的书，她说她的第一笔稿费买了口红，我完全没当回事儿，因为我不知道口红是什么，以至于我到处说自己喜欢张爱玲，却连这个常识都不知道，经常被朋友打脸。我对美的启蒙是晚而艰难的，又笨拙，所以到现在还经常对自己不满意，但有时候想想，不满意也就意味着自己还有要求，还想进步，也就饶过自己了。

在我读初中的时候，有一个同学的妈妈经常来给她送东西，可能是家庭富裕的原因，打扮特别时髦，在那个很少有人染发烫发的时代，她像是我们家挂历上的港台明星一样，款款走来。我记得一个小细节，就是每次她来给孩子送东西，指甲的颜色都是不一样的，虽然算起来，那个时候她也应该有三十多岁的年纪了，却怎么看都像是少女。有这样的妈妈导致的结果是，她的孩子是我们班迄今为止，唯一一个在做和时尚相关的职业的人。

你自己就是美的教科书，孩子不应该成为你不变美的理由，而应该是变美的助推剂。也许有人说：我都已经结婚了，老夫老妻了，还打扮给谁看啊？如果说你觉得打扮给自己看很虚无，那老夫老妻也要打扮给对方看啊，更不要说现在的年轻人，结婚两三年就已经不想给对方惊喜了。

有一件很尴尬的事情就是我男朋友做饭超级厉害，以至于很多朋友都说他可以直接去开餐厅了，所以有一段时间，我特别想要放弃健身，觉得没用,在健身房里面累得要死要活,回到家里一顿晚饭、一顿随时可以端过来的夜宵就让一切白费了。如果家里没有人做饭,还可以勉强修行着不吃,但是一张口就有美味送过来,我服输。虽然他也口口声声说:"不管你变多胖,我都会喜欢你。"可是,我总是提着一口气,还是坚持每天去健身房,没有目的地去,或者说去本身就是目的。

这样坚持了有半个月的时间,我突然就释然了,因为我意识到,我不仅仅是男朋友的女朋友,还是公司的员工,还是很多朋友的朋友,还是父母的女儿,最重要的是变瘦才会让我觉得快乐。虽然吃他做的饭菜是幸福,但变瘦的快乐一点也不逊色于它。

于是,奇妙的事情发生了,当我瘦下来的某一天,我问他"你觉得我瘦好看,还是之前那个体重的时候好看"时,他一点都不犹豫地说:现在好看。你看,男人都是口是心非的家伙。如果你的老公对你说"你可以再胖一点,胖一点好看"时,可千万别上当啊,姐妹们。

其实也不仅仅是我的闺密,这次春节回家,我看到了很多次的"大变活人",之前很漂亮的女孩子,现在都被生活折磨得面黄肌瘦,一点朝气都没有。可是,我们和生活就是一个斗争的过程啊,它强,你就要更强啊,不能被它打败啊,所以当生活让你放弃自己的时候,你就更要活出个样子来,打它个措手不及,它就再也不能打败你了。

不停地变美真的是一个女人的底线。如果你连这个底线都保不住了,那么你的精神生活也会很快坍塌。我和闺密聊起一些社会热点话题,或者哪怕是一些当红明星时,她已经一片茫然了,平时不上网,也不看电视,除了工作就是照顾孩子的状态,让她失去了自己却浑然不知。

或者,哪怕不变美,也不能让自己在变丑的路上极速飞奔吧。

和蓑依聊聊天 7

——为什么不喜欢别人看我

蓑依：

我属于那种长相、身材、气质都还可以的女生，但是我非常不喜欢别人尤其是路人看我。别人一看我，我就紧张，浑身不自在，所以我总是穿着非常宽松朴素的衣服，从来不化妆，同时，我看到大部分女生不管好看难看，都很喜欢或者希望通过外貌引起男生的注意。我知道这是人类的虚荣本能。

其实我也有，我也希望大家觉得我好看、有气质，可是别人看着我，我就坐立不安、害怕，生怕别人看到我有什么不好的地方。

你说，我这种心理正常吗？如何改变，才能让自己勇敢地面对别人的目光？

蓑依答：

这是一个蛮有意思的话题，看上去是"为什么不喜欢别人看我"，其实是"怎样才能让别人看我"。

首先，亲爱的姑娘，容我妄加猜测，其实，我觉得你是一个不自信的人，或者可以说自卑感很重的人。

别人看你，你就紧张，不是什么奇怪的心理在起作用，就是你觉得别人看你，生怕会看到你有什么不好的地方，不喜欢你了，或者嘲笑你，这不是什么"非正常"的心理，其实就是自卑。

包括你说你喜欢穿宽松的衣服，从不化妆，这是你在给你的自卑做掩饰，好像我穿得丑、长得丑，你们再不喜欢我就情有可原了，就有原因了，这也是自卑的表现。

你说，女孩子不管好看难看，都希望通过外貌引起男生的注意，这是人类的虚荣本能，我不赞同。一个女孩子穿得好看、化很精致的妆，最根本的目的是取悦自己，不是虚荣，如果你只看到了虚荣，也说明你是个自卑的人，给别人戴个"黑帽子"，仿佛自己不去"虚荣"，或者对"虚荣"存疑，就了然于世一样。

所以，我觉得这种心理很正常，自卑、自负、自大、自傲、自私都是很正常的人类心理，虽然这些都不是特别健康的心理，需要我们去调整，但它正常，并不是什么奇奇怪怪的心理疾病。如果你问我如何改变，当然我会告诉你：你要去填充自己的内在，让自己从内而外地自信，才会根治你的自卑。一个人自卑一定是从骨子里面先出来的。有人说：我是因为长得矮才自卑的，我是因为长得胖才自卑的，不不不，矮、胖都是表象，是他们的借口，说这些话的人，在内心就很自卑了。

可以从找一个自己擅长的事情做起，慢慢积累成就感和自信。但我觉得此刻对你更加高效的"治疗手段",其实是你要对自己的长相自信。

虽然你口口声声说"我属于那种长相、身材、气质都还可以的女生",但通过你的表达,我觉得你对自己的外在并不真的自信,是徘徊和犹豫的。一方面你觉得自己还行,另一方面又觉得和真正美的人差距蛮大,所以就造成:你不想要别人看你,因为你怕他们会看到你不好的地方,同时,你又希望别人看你,因为这说明你是好看的,可以给你一定程度的自信。

我是一个长相非常普通的女孩儿,这我从小就很清楚,所以我从来不怕别人看,看就看呗,我不好看的地方我知道;有人夸我好看,我也笑笑,知道人家只是会说话而已。最重要的是我很清楚——我的竞争力、我的自信、我的骄傲从来都不在我的长相上,你说什么,从心底我真的不 care。

所以给自己的长相一个明确的定位:你觉得自己真好看,那就继续自信下去,放开压力,让别人指指点点;如果你觉得自己普通,那就普通呗,别人说什么也不要放在心上,毕竟我们终其一生,也就是一个很普通的大人呢,接受自己的普通,是我们人生很重要的一课呢。

当然,在最后,我想和你分享一个也许你已经知道的观点:你要相信,外表美,长相、身材、气质好本身就是一种能力。哪怕你就是天生的美人坯子,没有后天的自我管理,也可能会一塌糊涂。外表美是一种生产力,就是一种资本,它和你通过多年累积起来的内心的强大一样,后者并不比它弱。

如果你有这种资本,请你高昂起头颅。真正对自己的外表自信,也可以实现自救。